KB220753

할머니 회상록(回想錄)

하나님은 항상 나와 동행하신다

할머니 회상록(回想錄)

하나님은 항상 나와 동행하신다

2025년 5월 23일 초판 1쇄 인쇄 발행

지 은 이 | 권주만
펴 낸 이 | 박종래
펴 낸 곳 | 도서출판 명성서림

등록번호 | 301-2014-013
주 소 | 04625 서울시 중구 필동로 6 (2, 3층)
대표전화 | 02)2277-2800
팩 스 | 02)2277-8945
이 메 일 | msprint8944@naver.com

값 10,000원
ISBN 979-11-94200-97-0

할머니 회상록(回想錄)

하나님은 항상 나와 동행하신다

권주만

도서출판 명성서림

들어가면서

나이가 들면 남녀불문하고 감상적으로 변한다고 한다. 나도 이제 그것을 느끼면서 살아간다. 언제부턴가 약간의 감정 자극만으로 눈물이 자연스럽게 스민다. 나도 이제 70이다. 이런 생각 속에 지난 이야기들을 정리하겠다고 나선 것이 30여 년 전부터다. 주로 가족과 관련된 이야기다. 우리 가족 이야기 중 기독교는 빼놓을 수 없다. 신앙 간증을 들을 때마다 느낀 것이지만 다른 집 기독교사보다 더 했으면 더했지 덜하진 않을 것이다. 아픈 과거사를 기록으로 남기는 것은 후손들이 여기에서 벗어나지 않았으면 하는 간절함 때문이다.

우리 가족 기독교사는 할아버지와 할머니의 애증사(愛憎史)라고 할 수 있다. 그래서 할아버지, 할머니, 그리고 과거와 현재 우리 가족의 신앙과 삶을 정리했다. 제목인 "하나님은 항상 나와 동행하신다"는 책 전체를 아우르는 내용의 함축이다. "하나님은 항상 나와 동행하신다"는 나와 직접적으로 관련이 있다.

오랜 시간에 걸쳐 할머니와 할아버지, 그리고 우리 가족 사이에 있었던 이야기들을 쪼가리, 쪼가리로 기록해 놓은 것들을 정리해서 때로는 시차가 있기도 하다. 단편적인 이야기 중에 부족한 이야기들은 많은 시일에 걸쳐 보충했다. 하지만 사실에 근거한 이야기들이라서 넉살스러움은 없다. 물론 이해가 되지 않는 이야기들도 섞여 있지만 읽어 가는 데는 불편하지는 않을 것으로 생각한다. 많은 이야기에는 나 자신의 시각이 많이 녹아 있다는 사실을 밝혀 둔다.

우선은 우리 가족의 기독교사다. 권씨(權氏) 하면 자연스럽게 유교와 양반이라는 단어가 떠오른다. 그 벽을 처절한 고통과 함께 넘으신 분이 할머니다. 또한 할머니라는 이질적이면서도 완벽한 여인을 품으신 분은 큰 바위 같은 완고하셨던 할아버지다. 우리 가정은 갈등하며 양반이라는 늪과 가정을 지키려고 노력한 할아버지와 확고한 신앙에 대한 신념, 끝없는 학구열, 어떠한 바람에도 흔들리지 않는 무던함으로 견뎌낸 할머니의 훌륭한 완성품이다. 그런 할아버지와 할머니가 계셨기에 지금의 우리 가족이 있음을 부인할 수 없다. 이는 할아버지와 할머니의 겉으로 표현이 가능치 않은 서로 간에 한없이 넓은 사랑과 존경함이 있었다고 생각한다.

할아버지와 할머니 사이에는 내가 봤을 때는 헤어나 올 수 없는 갈등의 늪이 있었다. 갈등은 어느 가정이나 있기 마련이지만 갈등의 진폭을 표현하는 단어에 한계가 있기에 컸다고만 기록하고 진폭의 정도는 책을 펴면 파악할 수 있다. 갈등의 가장 큰 원인은 기독교였다. 할머니의 학구열에는 여인이라는 설움이 담겨 있다. 할머니는 한글을 모르는 사람이었다. 더욱 중요한 것은 이름이 없었다. 아이러니하지만 친정아버지는 훈장이었다. 그래서 그랬을까?

할머니는 교회에서 선교사를 만나 한글은 물론 한자와 영어를 배웠다. 그리고 자신의 이름을 지었다. 밝을 병(炳), 배울 학(學) 최병학(崔炳學), 나는 할머니의 이름 석자에 할머니의 모든 삶과 가정환경, 그리고 살아가는 정신이 배어 있다고 생각한다. 그래서 나는 가끔 할머니가 스스로 작명(作名)한 당신의 이름 석자 앞에 할머니, 할머니를 되뇌어 봅니다. 이름이 없었다면 장녀니까 "큰 년아" 이렇게 불렀을까?

할머니는 평생 거의 모든 시간을 교회 또는 교회와 관련된 곳에서 보냈다고 해도 과언은 아니다. 나는 이런 할머니가 이해되지 않을 때가 많았다. 이 새벽에 반겨주는 남의 집이 있느냐는 것이다. 하지만 그것은 잠시뿐이었다. 그래도 할머니는 이 새벽에 남의 집에 가는 것을 당연한 일로 여기셨다.

할아버지는 어린 나를 데리고 산소를 가거나 5일 장인 부여 홍산장에 가시는 것을 좋아하셨다. 할머니와는 정반대였다. 나도 그것을 즐겼던 것 같다. 그래서 할아버지를 좋아했다. 할아버지는 부여 홍산장에 도착하면 그때는 몰랐는데 할아버지의 조카들을 찾아다니셨다. 할아버지의 조카는 나의 5촌 당숙이고 할아버지 형님의 아들들이다. 지금도 당시 홍산장에서 당신의 조카들을 찾아다니시던 할아버지의 목소리가 생생하게 귓전을 울리는 것 같다.

나는 할머니와 아버지께 죄송스러운 것이 있다. 할머니와 아버지는 간절한 마음으로 내가 "말씀으로 빌어먹을 놈, 즉 목회자"가 되기를 기도하셨다. 하지만 나는 자신이 없었다. 늦게나마 신학을 공부한 것으로 할머니와 아버지의 뜻을 거역한 것에 대한 죄송함을 보답하려고 한다.

이제 내가 할아버지가 되었다. 손자들과 한 미국 여행도 한편을 정리해 넣었다. 할아버지 할머니의 친손자·손녀는 모두 7명이지만 이글들은 내가 경험하고 생각한 이야기의 단편들을 모은 것이라는 점을 다시 한 번 밝혀 둔다.

차례

할아버지-할머니-손자

아버지-어머니와 아들

벗어남-포항제철과 군 생활

벗어남의 착각

우리 집안 신앙의 여정

1. 신혼 초에 쫓겨나신 할아버지와 할머니

할아버지와 할머니는 1920년대 초반 결혼하셨다. 그리고 결혼 후 채 1년도 되지 않아서 증조할아버지로부터 쫓겨났다. 그 후 옥산면 안서리 안동골 뗏장 집, 즉 움집에서 사신 배경은 역시 기독교였다. 할아버지 내외는 증조할아버지께서 사시던 부여군 옥산면 가덕리 집에서 신혼을 보냈다. 그곳에서 농사를 지으며 사셨다. 할머니의 소원이던 교회가 가까운 시집이었다. 할아버지를 만나서 소원을 성취하셨다. 하지만 그 시대에 아직 유교 중심이었던 증조할아버지의 눈치를 보지 않을 수 없었다.

할머니는 시아버지의 눈치를 살피며 요령껏 교회에 출석했다. 그러던 어느 날 증조할아버지께서 나들이 나갔다가 집에 들어오는 길에 기가 막힌 이야기를 들었다. 집 앞에 동네 사람들이 이용하는 공동 우물이 있었다. 공동 우물은 시골에서 동네 아낙들의 소문 집결지기도 하고 소문의 근원지이기도 하다. 아낙들이 아침에 모이면 밤새 동네 소문은 일간지보다 더 정확하고 빨리 수집되기도 하고 흩어지기도 한다. 우물가는 동네 소문의 진원지인 것이다.

그날도 동네 아낙들이 우물가에 모였다. 증조할아버지께서 외출했다 우물가를 지나셨다. 그때 동네 한 아낙이 숨소리 죽여 가며 이렇게 말했다.

"권 진사댁 새며느리가 예수쟁이래"

증조할아버지는 그 순간 비수가 가슴을 찌르는 것 같은 통증이 후볐다. 기가 찬 아낙들의 목소리가 귓전을 떠나지 않았다. 증조할아버지는 떨리는 가슴을 안고 집 안으로 들어섰다. 그리고는 "둘째 어디 있느냐?" 할아버지 내외를 불러 세웠다. 할아버지는 대충 감을 잡았다. 하지만 곤혹스러운 모습으로 증조할아버지 앞에 섰다.

그때 집안이 울리는 큰소리로 "너희들 예수쟁이냐?"

할아버지가 눈치를 보는 사이에 매사 당당하셨던 할머니는 곧바로 이렇게 대꾸하셨을 것이다. "네 그렇습니다. 아버님" 집안은 또 조용해졌다. 증조할아버지는 떨리는 목소리로

"뭐야.....이놈들이" 하고는 뚫어지게 할아버지 내외를 쳐다봤다. 그리고는 조용했다. 증조할아버지는 한마디도 하지 않고 방으로 들어가셨다. 그 뒤 증조할아버지는 한 말씀도 하지 않았다. 할아버지는 그런 증조할아버지의 심중을 읽고 있었다. 그리고 할머니와 함께 짐을 싸서 집을 나섰다. 할아버지와 할머니는 그날로 쫓겨나셨다. 도착한 곳은 부여군 옥산면 안서리 안동골이다. 안동 권가 내외가 굴을 파고 살던 동네라는 의미일까? 모를 일이다.

할머니는 더욱 홀가분하게 교회를 다니셨다. 엄하셨던 진사이신 시아버지의 눈치를 보지 않고도 교회를 다닐 수 있었기 때문이다. 할머니가 바라던 교회는 더욱 가까웠다. 이곳에서 홍연교회를 다녔다. 여기서 홍연교회를 가려면 둘레가 12km나 되는 옥산 저수지 한편을 돌아서 다녀

야 했다. 나중에 집주변에 수암교회라는 같은 교단의 교회가 생겼다. 수암교회가 홍연교회의 지교회인지는 모르겠으나 그럴 가능성이 크다. 할머니는 편한 신앙생활을 위해 교회 가까운 곳으로 거쳐 이동을 열망하며 기도했다. 기도가 하나님께 상달되어 할머니의 기도 제목이 이루어졌다. 할아버지 내외는 홍연교회가 가까운 옥산면 홍연리(비홍 마을)로 이사했다. 그런데 이 모든 것을 이루도록 작업하신 분은 할머니가 아니라 할아버지였다. 할머니는 기도만 하셨을 뿐 이루시기 위해 땀으로 노동하신 분은 할아버지셨다.

안동 골에서 사실 때 할아버지는 양반이라는 체면에도 불구하고 옥산 저수지 공사에 참여했다. 일본이 일으킨 대동아전쟁으로 전쟁터가 확대되고 있었다. 영역이 넓어진 전쟁을 위해서는 식량 공급이 필수적이었다. 그 공급지 역할을 한반도에서도 감당했다. 일본은 이를 위해서 1930년대 한반도에서 대대적으로 쌀을 공출이라는 이름으로 반출시켰다. 쌀을 경작하기 위해 농지를 넓히고 물을 공급하기 위해 전국적으로 가능한 지역에 한국인들을 동원해 저수지를 건설하는데 열을 올렸다.

전국을 돌면서 마을 이름에 물과 관련된 이름이 있는 지역을 우선적으로 선택했다고 한다. 이는 농림수산부 출입 기자 시절 공무원들에게 들은 이야기다. 우리가 살던 동네 홍연리(鴻淵里)인 점을 고려해 동네에 저수지를 건설하고 면 소재지임을 고려해 옥산(玉山)저수지로 이름이 붙여졌다. 즉 옥산저수지는 홍연리와 봉산리(鳳山里), 수암리(秀巖里), 신안리(新安里), 안서리(安西里)에 둘러싸여 있다. 물과 관련된 마을 이름은 우리 동네 이름뿐이다. 옥산저수지는 1933년 일본의 계획에 따라 마을주민의 부역과 동원 등을 통해 건설됐다.

저수지 공사 기간은 3년이었다고 한다. 할아버지도 3년 동안 삽과 곡괭이로 흙을 파고 지게로 져 나르는 일을 하셨을 것이다. 일하는 할아버지의 모습이 눈앞에 선하다. 할아버지가 저수지 공사에 참여해서 받은 돈이 얼마나 되는지는 모른다.

할아버지가 검소하셨다는 것은 동네 어르신들 대부분이 인정하는 사항이다. 저수지 공사장에서 일한 돈을 모아서 옥산면 홍연리(비홍 마을) 집을 사셨다고 한다. 집 사는데 들어간 비용은 13원이라고 들었다. 당시 1원의 가치가 지금과는 다르게 엄청났다. 할머니의 소원인 교회 가까운 집이 이루어진 것이다.

비홍리 집에서는 작은아버지부터 3남매 그리고 우리 6남매가 태어났다. 할아버지가 집을 샀을 때는 사랑채만 있었다. 그 안채와 사랑채가 아직도 남아있다. 할아버지는 집에 안채를 추가해서 더 지었다. 그리고 내가 어릴 때 수리조합(현재 농지개량조합)에 다니시던 아버지께서 아래채를 지어서 'ㅁ'자 형의 집 구조를 만들었다. 지금은 아래채는 사라지고 사랑채는 거의 쓰러지기 직전이고 안채는 함석으로 지붕을 덮은 모습이다.

할아버지는 손자들을 무척 사랑하셨다. 그래서인지 집 안팎에 많은 과일나무를 심으셨다. 손자들이 자라서 따 먹을 수 있게 하신 것이다. 당시 과일나무는 감나무가 채전(菜田) 밭 한가운데와 안 마당, 뒤곁에 한그루씩 3그루나 있었다. 그리고 밤나무와 대추나무, 오얏(李花)나무, 살구나무, 복숭아나무, 뽕나무와 앵두나무 등 우리가 과일시장에서 흔하게 볼 수 있는 많은 과일나무가 있었다.

우리는 어린 시절에 감을 무척 많이 먹었다. 품질이 좋은 감들은 5일장인 홍산장과 판교장에 내다 팔았다. 어른들은 익지 않은 땡감을 우려서 팔았다. 감을 우리는 작업은 정성이 필요했다. 안방 아랫목에 큰 항아리를 안치하고 그 항아리에 소금으로 간을 맞춘 미지근한 물을 부어 넣는다. 감을 소금물에 잠길 정도로 채우고 뚜껑을 덮는다. 항아리를 솜이불로 덮은 상태로 4~5일이 지나면 감의 떫은맛은 사라지고 단맛이 우려진다. 아마도 떫은맛은 소금물로 대치해 우려내고 단맛을 내도록 한다고 해서 우린다고 하는지 모르겠다. 우려진 감은 단맛과 함께 사각사각한 식감이 일품이다. 어른들은 이를 감을 우린다고 했다. 부모님은 매년 감을 100접 정도를 내다 팔았다. 감 1접은 100개다. 100접이니까 10,000개 정도를 수확한 것이다. 특히 우린 감은 초등학교마다 가을에 펼쳐지는 운동회마다 등장하는 먹거리였다.

우리는 이 집에서 내가 중학교 1학년이던 1969년 12월까지 살았다.

2. 우리 집 기독교의 유래

우리 할머니는 13살 때 하나님을 영접했다. 그러나 누구로부터 하나님을 알게 되었는지는 확인되지 않았다. 우리 가족과 할머니 친정 쪽 친척들의 의견을 종합하면 중국인 선교사들의 영향을 받은 것으로 추정한다.

부여군 내산면 금지리에 가면 도양골 천주교 성지가 있다. 1866년 대원군에 의한 천주교 박해 사건이 있었다. 이를 "병인박해"라고 한다. 이때 천주교인들은 신앙을 지키기 위해 산으로 숨어들었다. 도양골에 숨어든 천주교인들의 핵심은 김대건 신부에 이어 우리나라에서 두 번째 신부가 된 최양업 신부다. 이런 당시 사정으로 볼 때 천주교 영향으로 하나님을 영접한 뒤에 개신교로 전환했을 가능성이 큰 배경이다. 하지만 할머니는 이에 대해서 한 번도 언급한 적은 없었다.

할머니의 친정집은 부여군 내산면 금지라는 동네다. 천주교 성지가 있는 도양골(충남 부여군 내산면 금지리 302, 금지리 249) 보다도 더 깊은 산중이다. 아미산 중턱이다. 아미산과 그 주변 산에는 금지사(충남 보령시 미산면 도흥리), 백제사, 무량사(성주산) 등 많은 절이 있다. 어른들에 의하면 아미산은 아미타불에서 따온 이름이라고 한다. 그래선지 험한 산인데도 절이 많고 내가 어릴 때 아미산 기도원이라는 은혜기도원(에덴기도원)도 있었다.

어린 시절 할머니, 아버지와 함께 갔던 아미산 기도원은 산림이 울창해서 하늘이 보이지 않았다. 나무와 나무를 기둥으로 해서 채알[1] 지붕을 치고 바닥은 자갈을 골라내고 가마니를 터서 깔았다. 여러 겹을 깔아서 집회할 때는 먼지가 올라와서 앞을 볼 수 없을 정도였다. 오직 은혜로 충만한 곳이었다. 중간중간에 호야 등을 켰지만 뿌연 먼지로 앞이 보이지 않았다. 오직 확성기에서 울려 나오는 부흥강사의 말씀은 은혜로 충만했던 것으로 어린 나의 심정을 울렸다.

아마도 금지라는 지역사회는 천주교가 이 지역에 들어가기 전에는 금지사로 대표되는 불교와 유교의 영향을 받았을 것으로 생각된다. 실제로 할머니의 친정아버지(나의 진 외할아버지)는 훈장이셨다. 진 외할아버지는 훈장 이전에는 대농(大農) 이셨다고 한다. 그 많은 대농의 땅은 노름으로 몽땅 잃어버렸다. 그리고 가족들을 건사하기 위해 서당을 열고 훈장을 하셨다. 유림의 영향으로 젊은 시절 공부하신 것을 토대로 해서 서당을 운영한 것이다. 운영이 잘 됐는지는 알 수 없다. 어릴 때 내가 뵌 할아버지의 모습은 키가 크고 멋있었다.

그런데 장녀인 할머니가 예수쟁이가 된 사실을 우연히 알게 됐다. 진

---

1 볕을 가리기 위해 치는 포장이다. 채알은 차일(遮日)의 경남지역 방언이라고 한다. 충남지역에서도 채알이라고 했다.

외할아버지는 어느 날 진 외할머니께 이렇게 말씀하셨다. "저년(할머니)이 뭐에 홀려서 저렇게 쏴 다니는지 따라가 보라"고 하셨다. 할머니는 주일이면 아홉사리고개 등을 넘어 50리 길을 걸어서 부여군 홍산면에 있는 홍산교회(기장, 부여군 홍산면 동헌로 32)를 다니셨다. 신작로에서 금지 동네로 올라오는 입구에 지티 교회(기장)가 있는데 그때는 없었던 모양이다. 진 외할머니가 예수쟁이 할머니를 만류하려고 교회를 따라다녔다. 그러다가 진 외할머니마저도 예수쟁이가 되셨다. 진 외할아버지의 회유 정책은 실패했다.

진 외할아버지는 내가 어릴 때 우리 집에 자주 오셨다. 그리고 금지 할아버지 댁에 가면 증손자 왔다며 반겨주셨다. 금지 할아버지 집 뒤에는 대나무밭이 있었다. 참 대나무밭이었다. 할아버지는 참대나무로 가오리연을 만들어서 나한테 주셨다. 할아버지는 키가 크셨다. 하루는 곰방대를 뒤로 꽂고, 하얀 두루마기와 갓을 쓰시고 뒷짐 지고 부여군 옥산면 비홍리 우리 집에 들어오셨다. 그리고 뒷짐 진 손에서 가오리연을 나한테 건네주면서 "주만아, 옜다. 연이다." 하셨다.

할머니가 기도하며 바라던 소원은 교회가 가까운 동네에 사는 총각과 결혼하는 것이었다. 할머니는 50리 길을 눈비에 굴하지 않고 홑치마에 홑저고리를 입고 다니셨다. 50리 길은 험난한 길이다. 골짜기 9개 구배를 돌아야 통과할 수 있는 아홉 사리 골짜기를 돌아서 가야 하는 험한 길이다. 할머니가 이 길을 피하는 방법은 결혼하는 것이다. 할머니는 총각이 사는 집에서 교회가 가까우면 금상첨화(錦上添花)라고 생각했다.

이렇게 할머니가 간절한 마음으로 만난 총각이 우리 할아버지였다. 할아버지는 당시 충남 부여군 옥산면 가덕리에서 사셨다. 할아버지는

21살, 할머니는 18살이었다. 할아버지가 사시던 집에서 그동안 다니던 홍산교회도 가까웠지만 들판 건너면 수암교회의 종탑이 보일 정도로 가까웠다. 할머니의 소원은 할아버지와 결혼함으로써 이루어진 것이다.

3. 20세에 장가든 아버지

아버지와 나는 20년 차이다. 아버지 생신은 1936년 8월 13일이고 나는 1956년 8월 17일이다. 정확하게 20년 4일 차이다. 그러니까 아버지는 20살 때인 1955년 8월쯤 결혼하신 거다. 그것도 같은 교회 성가대원인 엄마와 연애결혼이 아닌 중매결혼을 하셨다. 엄마는 그 당시에는 다 그렇다고 강조하시지만 요즘 젊은이들이 결혼하는 것과 비교하면 좀 신기하다.

아무리 남녀 구분이 심했더라도 요즘도 그렇지만 그 당시의 교회는 연애의 전당이라고 했다. 이처럼 남녀 간에 스스럼없이 만나는 것은 물론이고 교제도 할 수 있었다. 이렇게 결혼한 가정이 많았던 사실을 주변에서 많이 볼 수 있다.

그렇지만 할머니는 아버지와 어머니의 결혼에 대해서 좀 달리 말씀하셨다. 6.25 한국전쟁 직전에 어머니의 친정아버지이자 나의 외할아버지(임영호씨, 1994년에 86세의 일기로 돌아가셨음)는 옥산 면장을 하셨다. 그 직전에는 할아버지의 동생인 종조부가 옥산 면장을 하셨다. 종조부와 외할아버지는 막역한 친구셨다. 그래서 두 분은 해방공간과 6.25 한국전쟁 이라는 난세에 마음을 맞춰 많은 일(?)을 하셨던 것 같다.

종조부는 조카인 아버지와 친구의 딸인 어머니를 결혼할 수 있도록 이어 준 것이다. 중신을 서신 분은 다른 사람이 아닌 종조부셨다고 생각 한다. 그런데 맞선자리에 가보니 상대인 그 남자는 매 주일 성가대에서 만나는 아버지였다. 기가 막힌 일이었다. 그런데 교회 권사님 중에서도 아버지와 어머니를 맺어 주려고 노력한 분이 계셨다고 한다. 집안과 교회 내에서 맺어 주려는 노력이 있었던 것 같다.

할머니가 아버지를 빨리 결혼을 시킨 가장 큰 이유는 교회를 더욱 열심 다니기 위해서라고 하셨다. 할아버지는 다르게 생각하셨다. 당신의 건강이 좋지 않으니 빨리 손자를 보기 위한 것이었다. 아버지의 조기 결혼은 당시로서는 빠른 것도 아니다. 할아버지와 할머니의 서로 다른 생각에서 결혼이라는 목적을 이루기 위해 서두르셨다.

교회를 열심히 다니기 위해서 집안일을 거둘 며느리가 빨리 필요했을 할머니는 매주 성가대에 서 있는 엄마를 시동생인 종조부를 통해서 낙점했다. 할아버지는 당신의 동생이 주선한 며느리니 마다하지는 않았을 것이다. 아버지 결혼을 가장 기뻐한 할머니는 집안의 모든 일을 엄마에게 맡기고 교회에만 다니시면 됐다.

그래서 아버지와 어머니의 불만이 많았다. 농촌에서 한 사람의 일손이 아쉬웠다. 내가 어릴 때는 할아버지는 중풍으로 대소변을 받아내야 하는 상황이었다. 할머니는 교회에만 집중되어 있어서 가끔 아버지와 큰 소리는 내는 등 갈등이 심했다. 할머니는 불만과 불평, 못마땅함을 오직 기도로 이겼고 설득했고 그것이 최선의 방책임을 잃지 않았다. 할머니는 모든 길이 하나님으로부터 열린다고 생각하며 사셨다.

어머니는 아들·딸이나 손자들을 위한 기도하실 때마다 할머니 또는 증조할머니의 믿음을, 신앙을 닮도록 해 달라고 간구하신다. 교회에서 아브라함의, 사무엘의 믿음을 간구하듯이 말이다. 기도하는 삶을 사셨던 할머니의 믿음 때문에 우리 가족이 그동안 어려움이 있긴 했지만 건실하게 현재에까지 이르고 번성하고 있다고 생각한다. (2007.4.26.)

4. 예배당에 가면 쇠고깃국 주냐?

할아버지와 할머니는 할머니의 교회 가는 일로 자주 다투셨다. 그 당시 우리 집에는 농사 채가 많았던 듯하다. 그래서인지 혁환이 형님 가족, 상기리의 광열이 아저씨, 그리고 교회 뒤에서 살던 성배 형 등 3명이 우리 집에 와서 일했다. 아버지는 당시에는 수리조합(현재의 농어촌공사)에 다니셨다.

우리 집은 주일날 아침이면 시끄러웠다. 항상 할머니는 아침 밥을 먹으면 이어서 "애들아! 교회 가자" 하셨다. 그러면 할아버지가 이어서 큰 목소리로 외쳤다. "교회에 가면 쇠고깃국 주냐? 차라리 들에 나가서 풀이나 뽑아라." 하셨다.

할머니는 할아버지와 달리 우리 집이 이렇게 평안한 것은 하나님이 지켜 주시기 때문이라고 강조했다. 그러니 할아버지도 걱정하지 말고 교회에 나갈 것을 오히려 강요하시곤 하셨다. 그래서인지 간혹 할아버지가 교회에 오시기도 하셨다.

할아버지는 가끔 교회에 가실 때에는 갓을 쓰시고 하얀 두루마기에 하얀 고무신, 양말대님(신은 양말이 밑으로 내려가지 않도록 두르는 천)을 착용하고 단장을 짚고서는 교회에 가셨다. 교회에서는 남자들이 앉는 한중간에 허리를 꼿꼿하게 세우고 앉아계셨다. 나는 할아버지의 그런 모습이 멋져 보였다. 당시 담임 목사님은 윤석주[2] 목사님이었다. 윤 목사님은 할아버지가 교회에 나오시면 무척 좋아하셨던 것으로 기억한다.

당시 홍연교회에 시무하시던 윤석주 목사님(90년대 중반 고혈압으로 돌아가셨지만 두 아들은 모두 목사로 시무하고 있고 사모님도 강남에서 살고 계시다.)은 할머니는 물론 할아버지도 무척이나 좋아하셨다. 할아버지는 평소에도 참으로 성실하셨고 근검하셨다. 열심히 일하셨다. 판교교회에서 시무하시던 안기중 목사님(안 목사님은 아직 살아 계시다)은 할아버지가 중풍으로 누워 계실 때 할머니의 요청이 있으면 만사 물리치고 우리 집에 오셔서 할아버지를 위해 안수기도를 해 주셨다.

할머니의 신앙을 통한 열심과 할아버지의 현실적인 성실함, 이것이 우리 손자들의 정신적 지주로 자리를 잡은 것 같다. 어쩌면 기독교적인 신앙의 중심축보다도 이 두 가지의 정신이 더 우리 안에 내재하고 있는지도 모른다. 물론 신앙의 축을 무시할 수는 없을 것이다. 어릴 때부터 교회 가는 일은 몸에 베인 일이다. 가끔 귀찮을 때도 있지만 이는 하나의 일이었고 과업이기도 했다. 물론 아버지는 교회에 안 간 날이면 매질하거나 밥을 먹지 못하도록 한 적도 있었다.

---

2 윤석주 목사님은 기장 교단인 홍연교회를 떠나 대전에 있는 예장 통합교단의 유성장로교회로 가셨다. 그곳에서 3~4년 계신 뒤에 부여 4가정과 논산 3가정 등 7가정으로 독립해 교회를 세웠다. 그 교회가 서대전중앙장로교회다. 목사님은 부흥강사셨다. 그래서 새벽예배는 주로 부친이신 윤홍종 장로님이 인도하셨다.

우리 집안의 모든 일들은 이처럼 교회 중심적이었고 교회를 통해서 모든 일들이 해결되기도 했다. 40년이 넘게 지난 지금도 모든 일들이 교회를 통해야만 해결되는 모습을 자주 접하면서 신앙 이전에 어릴 적부터 체화된 습성이 얼마나 중요한지를 알 수 있게 한다. 그래서 현실적인 할아버지의 쇠고깃국과 내세적인 할머니의 교회는 상충된 것이 아니라 오히려 조화를 이룬 것이 아닐까? 이렇게 생각한다.

물론 할아버지와 할머니가 돌아가시고 없는 현실에서 확인할 수 있는 것은 아니다. 우리가 미뤄 짐작할 수밖에 없는 것 아닐까?. 아무튼 할아버지와 할머니의 정신은 현재를 살아가는 우리에게 있어서 중요한 정신적인 축이다. 그래도 할아버지는 다시 살아나셔도 "교회에 가면 쇠고깃국 주냐?" 큰 소리로 외칠 것이다. 권씨 고집이 있기 때문이다. 그러나 밥상을 마당으로 던지지는 않겠지, 기력이 떨어지셨으니….

5. 기쁜 일/우리 가정이 기독교 가정이 된 과정

2019년 6월 22일
할머니의 기일에 할아버지와의 합동 추도예배 때 장손자 권주만 장로가 한 말씀

"사랑하는 자여 네 영혼이 잘됨같이 네가 범사에 잘되고 강건하기를 내가 간구하노라 형제들이 와서 네게 있는 진리를 증언하되 네가 진리 안에서 행한다 하니 심히 기뻐하노라 내가 내 자녀들이 진리 안에서 행한다 함을 듣는 것보다 더 기쁜 일이 없도다(요한 3서 2~4절)"

오늘 말씀의 제목은 "기쁜 일"입니다. "기쁜 일"은 본문 말씀에서 '진리 안에서 행하고 증언하는 것'이라고 정의하고 있습니다. 진리 안에서 증언하고 행하면 영혼이 잘됨같이 범사가 잘 된다고 합니다. 말씀의 진리 안에서 행하고 증언함으로 범사가 잘되는 기쁨을 얻는 우리 가족 모두가 되기를 간절히 기도합니다.

우리 가문에서 진리 안에서 행하고 증언하는 모범을 보인 분은 할머니입니다. 오늘은 할머니의 39주기 기일이고 함께 추도예배 드리는 할아버지는 54주기가 됩니다. 오늘은 할아버지와 할머니의 신혼 초에 대해서 알아보려고 합니다. 할머니는 부여군 내산면 금지라는 동네에서 13살에 하나님을 영접했다고 합니다. 금지에서 50리 산길을 걸어서 부여군 홍산면에서 가장 오래된 홍산교회(기장)를 다녔습니다.

그 산길은 쉬운 길이 아니었습니다. 오르막길과 내리막길 그리고 개천을 건너는 50리 길이었습니다. 우리가 어릴 때 걸었던 아홉사리 길은 9개 구배를 넘어야 하는 험한 길이었습니다. 할머니는 그 험한 길을 넘어 부여 홍산에 있는 홍산교회에 도착할 수 있었습니다. 할머니는 홑저고리에 홑치마를 두르고 비가 오나 눈이 오나 끊임없이 교회에 나갔습니다. 그러던 어느 날 진외할아버지께서 진외할머니께 "저년이 뭐에 홀려서 저렇게 쏴 다니는지 뒤따라가 보라"고 하셨다고 합니다. 따라다니던 진외할머니 마저도 할머니를 감시하다 예수쟁이가 됐습니다.

혼기가 차오른 할머니는 기도하셨습니다. 교회 가까운 총각을 만나 신앙생활이 이어지도록 해 달라고. 그만큼 할머니가 교회 다니는 것이 힘이 들었고 그런 총각을 만나는 것은 간절했습니다. 얼마나 간절히 기도했던지 소원이 이루어졌습니다. 18살의 할머니는 21살의 할아버지를 중매로 만났습니다. 그리워했던 교회는 정말 가까웠습니다. 들판을 지나 개천을 건너면 교회에 도달했습니다. 집에서도 들판을 건너 바라보면 종탑이 보일 정도로 가까운 교회였습니다. 하지만 할아버지의 집안은 교회는 생각할 수 없는 유교로 단단하게 포장된 안동 권가 집안입니다. 할머니에게 고난은 엄습해 왔습니다.

당시 할아버지는 증조할아버지와 함께 사셨습니다. 당시 할아버지가 사시던 집 앞에 동네 사람들과 함께 이용하는 공동 우물이 있었습니다. 동네 아주머니들은 우물가에서 쌀 등 식재료를 씻기도 하고 빨래도 했습니다. 우물가에서 동네 소문이 모이기도 하고 퍼지기도 했습니다. 어느 날, 증조할아버지께서 나들이 갔다 들어오시면서 우물가 아낙네들이 나누는 소리를 들었습니다. "권 영감네 새 며느리가 예수쟁이래"

증조할아버지는 기절초풍할 소리를 들은 겁니다. 집에 들어온 증조할아버지는 할아버지 내외를 불렀습니다. "진정 너희가 예수쟁이냐?"고 물었습니다. 항상 당당했던 할머니는 할아버지보다 더욱 나서서 "그렇다고" 답했을 겁니다. 할머니는 "아버님도 교회에 나가시지요"라고 했을지도 모릅니다. 예수님을 믿는다는 사실이 증조할아버지 앞에서 확인되는 순간입니다.

그날로 할아버지 내외는 부여군 옥산면 가덕리 동네에서 쫓겨났습니다. 신혼 초였습니다. 한밤중에 도착한 곳은 '안동 굴'이라고 부르는 동네입니다. 지금도 몇 가구 안 되는 동네지만 그때는 사람이 살지 않는 옥산저수지 바로 위 골짜기입니다. 그 동네에 안동 권가 한 가정이 입주한 것입니다. 할아버지와 할머니는 그곳에 떼를 쌓아 올려서 집을 세웠습니다. 그래서 안동 권가가 굴 같은 집을 짓고 사는 동네 "안동 굴"이 되었습니다.

굴 같은 집에서 큰고모 등 아버지 위 고모 3분과 아버지까지 4남매가 태어났습니다. 할아버지와 할머니가 안동골로 가셨을 때 옥산저수지 공사가 시작됐습니다. 옥산저수지는 1933년쯤에 완공됐습니다. 할아버지는 공사에 일꾼으로 참여해서 번 돈으로 옥산면 홍연리에 있는 집을 사셨습니다. 13원에 사셨다고 했습니다. 삼촌과 고모 등 3분과 우리 5남매도 비홍리 집에서 태어났습니다.

할아버지는 교회 가는 것에 대해서는 뭐라 하시지는 않았습니다. 대신 말씀이나 행동으로 표현하셨습니다. 비홍리 집은 처음에는 담이 없이 싸리나무 등으로 울타리를 만들었습니다. 그 울타리에 할머니가 할아버지 몰래 성미 등을 빼돌리는 개구멍이 있었습니다. 할머니는 일주일 동안 쌀을 씻기 전에 한 움큼씩 모은 성미를 모아서 개구멍으로 빼내 가지고 교회로 가셨습니다. 언제부턴가 아버지께서 황토벽돌을 찍고 있었습니다. 할아버지는 작업을 지휘하셨습니다. 그리고 싸리나무 등으로 된 울타리 담을 걷어내고 흙벽돌로 담을 쌓았습니다.

할아버지는 동네에서 돌아다니는 닭이나 강아지가 우리 집 안으로 들어오는 것을 싫어하셨습니다. 담을 친 뒤로는 닭이나 강아지가 집 안으로 들어올 수 없었습니다. 그리고 할머니의 성미 주머니를 가지고 나가는 개구멍도 사라졌습니다. 성미 주머니 가지고 나가는 방법을 수정해야 했습니다. 할머니는 개구멍으로 내보내던 성미 주머니를 떳떳하게 들고 내가는 방식으로 전환했습니다. 집 울타리를 걷어내고 벽돌로 담을 쌓은 것은 이런 것을 막기 위한 복합적인 할아버지의 아이디어라고 생각합니다.

어릴 때 할아버지는 화가 나면 식사하다 밥상을 마당으로 던져버렸습니다. 아버지도 그러셨던 것으로 기억한다. 이런 것을 부전자전이라고 할 것입니다. 그래서 상다리가 성한 것이 없었다. 있더라도 어머니가 상다리를 노끈으로 묶어서 사용하는 것들뿐이었습니다. 할아버지는 할머니가 교회 다니는 것에 대한 불만을 이렇게 드러내셨습니다. 할아버지는 가끔 갓에 두루마기를 차려입고 교회에 가시기도 했습니다. 남자들이 앉는 자리의 한가운데에 갓을 쓴 채 정좌하셨다. 나는 그런 할아버지의 모습이 멋지다고 생각했다. 아마도 할머니의 닦달과 교회에 대한 궁금함이 작동해서 나오셨을 것으로 생각한다.

할아버지는 소천하시기 전 1년 6개월 정도 중풍으로 고생하셨다. 가끔 홍산장에 다녀오시다 옥산저수지 제방 뚝을 올라오시다 다리 힘이 빠져 그 자리에 누워계실 때가 많았다. 장에 다녀오던 동네 사람들이 할아버지가 계신 곳을 알려주면 내가 달려가서 부축해서 모시고 왔다. 병세가 심해져서 방안에서 대소변을 받아내야 할 때도 있었다. 그래서 어머니가 고생하셨다. 할아버지의 솜이불은 동네 앞 개천으로 나가서 세탁했다. 동네 사람들의 눈치가 보여 공동 우물에는 나가지 못했다. 솜이불이 물기가 빠지면 지게에 지고 집으로 들여왔다. 할아버지는 54년 전 정월 초하룻날 오후에 소천하셨다.

돌아가시기 며칠 전부터 충화면에 사시는 큰고모가 오셔서 할머니와 함께 할아버지의 수의를 만드셨다. 시댁이 대단한 유교 집안인데 정월 초하룻날 큰고모가 친정인 우리 집에 계셨다. 그날 오후에 침례교회 목사인 둘째 고모부와 고모가 오셨다. 그리고 예배를 드렸다. 할아버지와 함께한 마지막 예배였다. 예배를 마치고 가족들이 둘째 고모 내외를 배웅하러 대문으로 나갔는데 갑자기 할아버지의 얼굴이 변하기 시작했다. 할아버지의 얼굴에는 항상 검버섯이 가득했는데 갑자기 검버섯은 사라지고 아기얼굴처럼 변하기 시작했다. 놀란 나는 마루 끝으로 나가서 할아버지가 이상해진다고 소리쳤다. 그때 방안에는 큰고모와 내가 있었다.

온 가족이 할아버지가 누워계신 안방으로 모였다. 그리고 할머니가 할아버지 곁으로 가셨다. 그리고는 "영감! 할렐루야 하세요" 하셨다. 할아버지는 힘들게 '할렐루야!' 하셨다. 할머니는 "영감 다시 한번 하세요" 하셨다. 할아버지는 힘을 다해 '할렐루야' 하셨다. 끝나자마자 할머니는 "또 한번 할렐루야 하세요" 했다. 할아버지는 들릴듯 말듯한 목소리로 '할렐루야' 하셨다. 할아버지는 이렇게 할렐루야를 3번 외치고 운명하셨다. 할아버지 입에서 기독교와 관련된 음성이 나온 것은 처음이다. 할아버지와 할머니는 하늘나라에 함께 계실 것으로 믿는다.

할아버지와 할머니의 삶은 대비된다. 할머니는 하늘만을 향해서 사셨다. 반면에 할아버지는 땅을 향해서 사셨다. 어머니는 그러셨다. 할아버지가 정월 초하룻날 돌아가신 것은 밥값이 아까워서라고 하셨다. 그만큼 근검절약하는 삶을 사셨다는 말씀일 것이다. 명절엔 어차피 음식을 준비한다. 준비한 음식을 문상 온 사람들에게 내놓으면 되기 때문에 음식을 더 장만할 필요가 없다는 의미다.

자손 된 우리는 할머니의 하늘 진리에 대한 충만함을 배워서 우리 삶에 적용해야 합니다. 할아버지의 근면 성실함도 배워야 합니다. 그때 오늘 본문 말씀처럼 범사가 잘 이루어질 줄로 믿습니다. 할아버지와 할머니는 땅에서의 삶과 하늘에서의 삶을 완벽하게 자손들에게 보여주신 것입니다. 할아버지와 할머니는 신앙을 지키기 위해서 움집에서 사셨다. 그 삶을 두려워하지 않았다. 예수님이 말 구유에서 태어나신 것처럼 말입니다.

진리에 대한 간절함이 있었기 때문입니다. 갈급한 심정으로 말씀을 대하면 할아버지와 할머니가 왜 그렇게 사셨는지를 알게 됩니다. 할아버지와 할머니가 살아오신 것처럼 진리 안에서 살아 내려는 노력을 함께 할 때 어떠한 어려움을 당하더라도 기쁨으로 맞이할 수 있는 여유를 가질 수 있다. 우리 모든 가족들이 그런 삶을 살아내기를 주님의 이름으로 기도합니다.

6. 우리 할머니 최씨

우리 할머니는 전주최씨다. 양반이라고 하는데 할머니에게는 이름이 없었다. 제적등본에는 최 씨라고만 적혀 있다. 남성 위주였던 유교 사회의 한 단면을 반영하고 있다. 할머니는 동네에서 "갈대기 댁"이라고 불렸다. 할아버지와 할머니가 충남 부여군 옥산면 가덕리에서 안동골을 거쳐 이사 왔기 때문이다. 가덕리를 갈대기라고 불렀다.

할머니는 원래 이름이 없었다. 궁금해서 제적등본을 떼어 보면 최 씨라고만 적혀 있다. 우리 증조할머니의 제적등본에는 조 씨라고만 되어 있다. 요즘 세상 같으면 큰일 날 일이다. 호주제 폐지니, 여성의 지위 상승, '남성부'도 없는데 '여성부'가 설치되는 상황이니 말이다. 이름은 없고 아버지로부터 받은 성씨만 적혀 있는 서류를 보면 격세지감이란 생각이 든다. 당시를 살았던 여인들의 모습 그대로 할머니도 사셨다.

할머니는 그렇게 평생을 살지는 않으셨다. 당당히 스스로 '최병학(崔炳學)'이란 이름을 지으셨다. 할머니가 이름을 스스로 지을 수 있는 능력을 얻은 것은 교회를 다녔기 때문이다. 할머니는 교회를 열심히 다니셨다. 아니 그냥 교회에 사셨다고 과언은 아닐 것이다. 우리 동네에서 유일하게 우리 집만 교회를 다녔다. 그래서인지 할머니는 자긍심이 대단하셨다. 교회는 할머니에게 가정보다도 더 소중하게 생각하셨다.

할머니는 교회에서 한글과 한문과 영어를 배웠다. 스스로 이름을 지을 정도의 지식을 갖춘 것이다. 그 이름이 병학(炳學)이다. 밝을 병(炳), 배울 학(學)이다. 배워서 밝게 하리라 이렇게 다짐하신 듯하다.

그런데 스스로 이름을 작명할 것 같으면 이왕이면 예쁜 이름으로 작명하거나 정치적으로, 경제적으로 의미 있는 이름을 작명하지 않았을까 하는 것이다. 돌림자를 넣어서 자신의 이름을 작명한 것은 우선은 가족임을 선언한 것이다. 둘째로는 炳學으로 돌림자를 넣어서 작명한 것은 배움에 대한 그리움과 기쁨을 드러내고 싶은 심정을 담은 것이라고 하셨다.

손자들은 할머니의 성함을 병학(炳學)으로 기억한다. 학교에 제출하는 서류에도 그렇게 올렸다. 행정 서류상에는 할머니의 이름이 없지만 내가 '수단(收單)'을 마련해서 올린 '안동권가족보(安東權家族譜)'에는 할머니의 성함을 炳學이라고 올렸다.

할머니를 무척이나 좋아하고 따랐던 나로서는 그런 할머니의 면면이 좋았다. 배워서 자신의 이름을 작명하고 그 이름대로 열심히 배우면서 평생을 사셨던 할머니, 그 할머니가 이제 그립다. 할머니가 소천한 뒤 이제 24년(이글은 2004년 1월부터 쓰기 시작했다)이 지났지만 벽에 걸어둔 할머니의 사진을 바라보면 '주만~아'하고 반겨 주실 것 같다. 하지만 할머니는 우리 곁에 계시지는 않는다. 할머니는 가슴 속에 계시지만 항상 나를 지켜보고 계실 것이라고 믿는다. 하나님처럼 이리 갈라치면 그리는 가지

마라 '주만~아' 하시는 할머니.....!

할머니의 친정아버지, 나의 진외할아버지는 충남 부여군 내산면 금지리라는 곳에서 훈장이셨다. 그곳에서 글을 가르쳤다. 그런데 장녀인 딸에게는 이름조차 없었다. 그 이유를 모르겠다. 아니면 조선시대에는 대부분의 여성들에게 이름이 없었나 하는 의문이 든다. 그럼에도 안동 권가 족보에는 여성도 이름이 많았다. 연구자들에 따르면 안동 권씨의 족보에는 여성 즉 외가를 40% 정도 포함시켰다고 한다.

안동 권가의 족보 성화보에 외가가 많이 포함된 것은 성화보를 준비한 사람들 때문이다. 성화보를 준비한 사람은 충장공 권근 할아버지의 증손인 권람 할아버지였다. 권람 할아버지는 성화보를 완성하지 못하고 중도에 사망했다. 이를 이어서 완성한 사람이 화담 서거정 선생이다. 서거정 선생은 권근 할아버지의 외증손이다. 권씨가 시작한 성화보가 외손인 서거정에서 완성된 것이다. 자연스럽게 족보에 외가 쪽 사람들이 많이 열거된 것이다. 여기에 발문(서문)도 서거정 선생의 작품이다. 그래서 뼈대가 있는 집안은 무엇을 하더라도 많은 명사들이 열거된다. 할머니의 경우는 최가였기 때문에 이름 석자가 없었나? 모를 일이다.

그래도 이해가 되지 않는다. 당신이 훈장인데 그리고 장녀인데 이름이 없이 부른 호칭이 있지 않았겠나? 예를들어 "언년이"든 무엇인가가 있지 않았을까? 과거에는 여인들의 이름을 지을 생각을 하지 않은 듯하다. 할머니는 이에 대해서 말씀하시지 않으셨다. 불만을 표현하신 적도 없다. 단지 당신이 지으신 '병학(炳學)'이란 이름에 감탄하셨다. '병학'이란 이름 때문에 장손자인 내가 공부를 잘한다고 좋아하셨다. 할머니는 최씨라는 이름으로 결혼하셨다. '병학(炳學)'이란 이름으로 손자들이 공부

잘하는 모습을 보는 것을 좋아하신 듯하다.

할머니는 항상 긍정적이고 즐거워하셨다. 불만도 없으셨다. 항상 걸으면서도 "주여", "주여" 하시면서 걸었다. 언젠가 왜 '주여' '주여' 하시느냐고 물은 적이 있었다. 하나님을 부르는 것이라고 했다. 하나님이 자신에게서 떠나시지 않도록...

주변에서 집안일 살피지 않고 교회에 빠져 산다고 흉보는 이들도 있었다. 이 문제로 할아버지와 다투신 적도 많았다. 할머니는 교회가 좋았고 교회를 통해서 모든 문제를 해결하셨다. 이름이 없었지만 교회를 통해서 자신의 이름을 스스로 얻었다.

할머니는 하늘나라에서도 자신이 스스로 작명한 '병학(炳學)'이란 이름을 소중하게 간직하며 기도하며 찬송하며 자손들을 지켜보고 계실 것이다. 6월 22일(양력)은 할머니의 기일이다. 그렇지만 올해는 26일 추도예배를 드리기로 했다. 직장을 다니는 손자들이 많아서 한데 모이기가 어렵기 때문이다. 추도식 날이면 생각하는 것이지만 항상 부족함을 느낀다. 올해도 역시 마찬가지다. 넉넉함을 느끼기보다 부족함을 느끼는 것이 오히려 나을지도 모르겠다고 자위(自慰)한다(2004년 6월 24일).

7. 교회를 집보다 더 좋아하신 할머니

할머니는 매일 새벽 2시쯤 일어나셨다. 몸이 특별히 불편하지 않는 한 그렇게 하셨다. 그리고 한 시간 정도 한산모시를 하셨다. 충청도 부여 지방은 서천 한산하고 가까워서인지 한산모시를 많이 했고 우리 채전 밭에도 모시풀을 재배하는 모시밭이 있었다. 봄부터 늦은 여름까지 자란 모시풀을 할아버지와 아버지가 베어내고 우리들은 나르고, 할머니와 어머니, 고모와 동네사람들은 모시풀 껍질을 베끼는 작업을 했다.

모시풀은 껍질을 벗겨 '태 모시'로 만들고 태 모시를 햇볕에 바래서 하얗게 표백하는 '바래' 작업을 거쳐 모시 한 올, 한 올을 "째는 작업"을 하고, 짼 모시 한올 한올을 잇는 "삼는 작업"을 한다. 그리고 '삼는 작업'을 마친 모시를 한 필 길이의 모시 올 묶음을 "굿"이라고 한다. '굿'을 한 필 넓이가 되도록 여러 굿을 모으는 작업을 "나른"다고 한다. 나른 모시 올들을 짜기 전에 올과 올이 붙지 않고 삼는데 발생하는 거풀들이 일어나는 막기 위해 올에 콩물을 먹이는 작업을 "맨다"고 한다. 매는 작업을 마친 모시는 베틀에 걸고 짜는 작업을 한다. 모시를 하는 과정은 다음과 같다. 모시풀을 벤다->모시 잎을 훑친다->모시풀 껵기->태 모시->바랜다->모시를 쨴다->삼는다->나른다->맨다->모시를 짠다.

할머니는 주로 짼 모시를 잇는 삼는 일을 하셨다. 모시를 삼는 것은 모시 올과 올을 무릎 위에 올려놓고 손바닥으로 밀어서 올이 고이도록 해서 잇는 작업이다. 무릎을 드러내야 하는 일이어서 쉬운 일이 아니었다.

할머니는 한 시간 정도 삼는 작업을 하시고 성경책을 읽으셨다. 한글을 교회에서 외국인 선교사로부터 배웠다. 할머니는 한글과 한자, 영어를 교회에서 배웠다. 할머니는 성경책을 읽은 뒤에는 찬송을 부르셨다. 즐겨 부른 찬송은 364장 "내 주를 가까이하려 함은"과 78장 "참 아름다워라"다. 할머니는 교회로 출발하시기 전에는 항상 할아버지께 '교회 갔다 옵니다' 했다. 할아버지는 무반응이거나 눈을 부라리시거나 하셨다. 그냥 매일 반복하는 신고식이다.

할아버지의 교회에 대한 생각은 "교회에 가면 쇠고깃국 주냐?"라는 말씀에 함축되어 있다. 할머니께서 주일 아침에 식사를 마치고 "애들아! 교회에 가자 하시자마자" 할아버지가 뒤에 붙이는 말씀이다. 할아버지는 교회에 가느니 들판에 나가서 풀을 뽑아야 그래야 쇠고깃국이 나온다는 의미다.

할머니는 교회에 가셨다가 새벽예배를 마치면 곧바로 집으로 오신 적이 별로 없다. 이집 저집 아침 심방을 다니시면서 점심나절이 돼서야 집으로 오시곤 했다. 그래서 자주 아버지와 다투기도 하셨다. 밥 얻어먹는 사람처럼 이리저리 다니시지 마시고 곧장 오시라면서, 그렇지만 .할머니는 "어느 댁, 어느 댁에서 기도해 달라"는데 어찌 안 가느냐고 말씀하셨다. 그래서 아버지는 아침에 할머니하고 한바탕 다투신 후에 출근(아버지는 당시 옥산저수지를 관리하는 수리조합·농지개량조합에서 일하셨다.)하는 일이 비일비재했다.

할머니는 곧장 오시는 날도 있었다. 우리 집에서 교회 가는 길은 두 가지 방법이 있었다. 들판을 가로질러 가는 길과 큰길로 돌아서 가는 길이 있다. 지금도 그 길은 아직도 여전하다(경지정리를 해서 길이 똑바로 정비됐으나 옛날 길들은 그대로다). 들판을 가로질러 가는 길은 거리를 단축할 수 있다. 비가 오면 개천을 건널 수 없어 큰길로 돌아서 가야 한다.

어느 겨울이었다. 그날도 할머니가 교회를 마치고 곧장 집으로 오신 날이었다. 당시에는 할아버지가 중풍으로 대소변을 받아내는 상황이었기에 할머니가 곧장 집으로 오시는 날이 잦았다. 그런데 할머니가 토방(土房)[3]에서 마루로 올라서시는데 버선만 있고 하얀 고무신이 없었다. 손자들이 "할머니 신발 안 신고 교회 가셨어요?" 하면 할머니는 겸연쩍게 웃으셨다.

옆에서 지켜보던 아버지는 "너희들 빨리 빗자루 들고 할머니 발자국 따라서 길을 쓸어 봐라" 하셨다. 버선을 신으시니까 발의 감각이 무뎌져서 중간에서 신발이 벗겨진 사실을 모르고 집에까지 오신 것이다. 손자 셋이 빗자루를 들고 한 사람 발자국(우리 동네에서는 우리 집만 교회를 다녔다. 그리고 새벽예배는 할머니만 다녔다고 해도 과언은 아니다)만 있는 눈길을 따라 눈을 쓸어내면서 신발을 찾아오곤 했다. 할머니 덕에 까닭을 모르는 동네 사람들은 마을 길의 눈을 청소했다고 해서 칭찬을 듣기도 했다.

---

3 옛날집에서 마당에서 마루로 연결하는 흙바닥. 마루로 올라서기 편하도록 편편하게 다진 흙바닥.

할머니는 새벽예배를 마친 뒤 각 가정을 심방(尋訪) 하면서 알게 된 아들딸들을 중매하셨다. 그래서 우리 집과 가까워진 가정들이 많았다. 하지만 간혹 맺어 준 가정이 원만하지 못한 가정도 있었다. 그래서 원망을 사기도 했다. 그런 소문은 당사자인 할머니보다는 아버지가 먼저 아시고 다툰 적도 많았다. 아버지도 교회를 담임하면서 선남선녀를 결혼으로 연결하셨다. 할머니는 교회 일이 우선이었다. 갈대기 댁, 최 권사님의 사명은 심방이었다.

8. 말씀으로 빌어먹을 놈

할머니의 신앙은 동네 사람들이 놀랄 정도로 대단하셨다. 할머니는 13살에 하나님을 영접하신 뒤 평생을 교회 안에 계셨다. 할머니는 1980년 6월 22일 아버지가 시무하시던 성주장로교회(충남 보령시 성주면 성주리, 기장) 사택에서 소천하셨다.

할머니 생전에 우리 집에는 소설책이나 노래책이 없었다. 할머니는 소설책을 사달라고 하면 성경 안에 이 세상 모든 진리와 모든 모습이 담겨 있으니 다른 책은 필요 없다면서 성경책을 읽으라고 하셨다. 매사 성경과 교회와 관련지으셔서 자라나는 우리로서는 답답할 때가 많았다.

할머니가 가장 먼저 손자들에게 가르쳐 주신 성경은 요한복음 3장 16절이다. "하나님이 세상을 이처럼 사랑하사 독생자를 주셨으니 누구든지 저를 믿으면 멸망하지 않고 영생을 얻으리로다". 할머니는 성경 구절을 빨리 암기하기 쉽게 노래로도 알려 주셨다. 나는 할머니가 알려준 노래를 뇌이면서 어린 시절을 보냈다. 이 노래는 교회에서도 가르쳤다.

할머니는 세상만사가 성경에 있고, 교회 없이는 못 사는 분이다. 할머니가 교회 안 다니는 사람들을 좋아할 리가 없다. 할머니는 동네에서 교회 안 다니는 집에 가는 것도 우리 집에 오는 것도 탐탁하지 않게 생각했다. 그들의 집은 사탄의 집이라고 하셨다. 그래서인지 친구들도 우리 집에 자주 오지 않았던 것으로 기억한다. 하나님만 찾는 우리 집은 당연히 재미가 없다. 그래서 우리 집은 친구들이 오려고 하지도 않고 초청도 하지 않았다.

친구들 집 사랑방에 가면 화토 놀이가 가능했고 바둑과 장기도 할 수 있었다. 친구들의 집은 요지경으로 재미있는 공간이었다. 그렇게 재미있을 수 없었다. 하지만 친구 집에 가려면 할머니 몰래 조심스럽게 가야만 했다.

할머니가 알려준 다른 성경은 시편 23편 1절에서 3절까지다. "하나님은 나의 목자시니 내게 부족함이 없으리로다 나를 푸른 초장에 누이시며 쉴만한 물가로 인도하신다 내 영혼을 소생시키시고 당신의 이름을 위하여 의의 길로 나를 인도하신다." 우리 형제들은 어린 시절 이 두 성경 구절을 암송하며 성장했다.

할머니는 찬송가 78장 "참 아름다워라"를 좋아하셨다. 눈이 오나 비가 오나 즐겨 부르시면서 교회를 다녔고 심방도 다녔다. 아버지는 89장 "샤론의 꽃 예수"를 즐겨 부르셨다. 내가 군대 생활 중에 군종을 봤다. 교회를 나가려면 4km를 걸어서 나가야 했다. 대대 4개 포대에서 매주 100여명의 교회자 병사들을 이끌고 사방거리에 있는 산양교회(기장)를 다녔다. 대대 주번 사령은 신고할 때마다 오와 열을 맞춰 다닐 것을 강조했다.

4열로 맞춰서 행진하는데 잡담보다는 찬송을 부르면서 다녔다. 모두 좋아하는 찬송을 불렀다. 그때 89장 "사랑의 꽃 예수"를 많이 불렀다. 대대 간부들이 이렇게 열을 지어 찬송을 부르면서 다니는 것을 좋아했다. 하루는 대대장이 우리를 칭찬해 줬다. 우리 부대 주변을 지나던 다른 부대 대대장이 우리 대대 교회 다니는 병사들의 행렬을 보면서 좋게 봤다는 전화를 받았다고 했다. 대대장은 교회 열심히 다니는 여러분들이 아름답게 보인다면서 두둔해 줬다.

할머니는 성경을 낭송하시면서 좋았던 구절들을 자주 반복해서 손자들에게 들려주셨다. 할머니는 열심히 사는 방법을 성경 구절을 통해서 교육하셨고 그 중심에는 항상 성경이 있었다. 할머니는 손자들이 당신의 맘에 들지 않는 행동을 하면 "빌어먹을 놈"이라며 역정을 내셨다. 손자들은 그런 할머니의 말씀에 항의했다.

손자들이 "할머니 손자들이 빌어먹으면 좋겠어요?" 하면 할머니는 "주님의 말씀 안에서 빌어먹으란 말"이라고 해명하셨다. 그래서인지 나는 기독교방송 CBS에서 일하고 있다. 둘째는 기독교 계통은 아니지만, 특수교육을 전공해서 여수대학교 특수교육학과 교수로 재직 중이다. 셋째는 아버지의 대를 이어서 성직자로서 천은교회(기장, 서울 금호동)를 담임하고 있다. (2010.12.12)

9. 하나님만 바라보라

“너희는 이 세대를 본받지 말고 오직 마음을 새롭게 함으로 변화를 받아 하나님의 선하시고 기뻐하시고 온전하신 뜻이 무엇인지를 분별하도록 하라”(롬12:2)

오늘은 처음으로 할아버지와 할머니, 아버지와 엄마 추도예배를 함께 드립니다. 할아버지를 중심으로 생각해 봅니다. 제목은 “하나님만 바라보라” 입니다. 우리는 일반적으로 할아버지가 기독교에 대해 부정적이었던 것으로 기억합니다. 당 시대를 살았던 사람들은 기독교에 대해 처음부터 만족스럽거나 긍정적으로 대하지는 못했을 겁니다. 단지 호기심은 있었을 겁니다.

이 땅은 누천년 동안 기독교적인 시각을 가질 수 없는 사회였습니다. 반상(班常) 논리에서 벗어난 적이 없는 사회입니다. 고려시대는 평민의 지위가 높았지만 조선 사회는 양반이 중심이 된 사회입니다. 양반이 왕을 세우고 왕은 나라가 자신의 소유물로 생각했습니다. 이 때문에 조선 600년은 왕과 양반의 갈등 사회입니다. 그 사회에 민(民)은 없었지만 명

분만 있었습니다.

이런 사회에서 갑자기 나타난 기독교는 평등을 이야기합니다. 모두 다 하나님의 피조물이라고 합니다. 왕도 양반도 쌍놈도 똑같은 하나님의 피조물이라고 하니 충격입니다. 그래서 그 시대는 기독교가 선불리 수용되기가 어려운 새로운 관념이었습니다. 기존 사회의 근간인 반상(班常) 논리를 부정하는 생각은 쉽게 수용하기가 어려웠습니다. 할아버지도 그 혼란의 와중에 있었습니다.

할아버지는 그런 혼란을 내색하지 않고 그 기본을 무너트리지 않으려고 하셨습니다. 우리는 이런 할아버지가 기독교를 부정하는 것으로 이해했습니다. 할아버지는 부정하기보다는 과거를 수성하려고 하셨습니다. 대표적인 말씀이 "교회에 가면 쇠고깃국 주냐?" 입니다. 교회에 가면 쇠고깃국이 나옵니까? 아닙니다. 당시는 들에 나가서 일을 해야 쇠고깃국이 나왔습니다. 할아버지는 이상보다는 현실주의자셨습니다. 기독교는 이상주의입니다. 기독교가 천국을 주장하지만 천국에는 정작 사람이 하나도 없다고 합니다.

할아버지의 말씀은 고집이 아니라 그동안 전해 내려온 기존사회 질서에 대한 수성이라고 이해합니다. 하지만 할아버지는 서서히 변하셨습니다. 교회도 가끔은 가셨습니다. 할머니의 강요 때문만은 아닐 것입니다. 할아버지의 심중에는 "저것들이 뭐라고 읊조리는지 가보자" 하는 궁금함과 맘보(심보)가 작동했기 때문일 것입니다. 그렇게 할아버지는 궁금해하시면서 내색하지 않고 서서히 변해 가셨습니다.

기독교는 doing이 아니라 being의 문제입니다. 어떻게 행동할 것인가가 아니라 어떻게 되어져 가는가의 문제입니다. 여기서 중요한 것은

doing는 자신의 의지가 작용합니다. 그러나 being는 자신도 모르는 사이에 되어져 가는 것입니다. 자신의 의지와는 관련이 없습니다. 왜 그렇습니까? 하나님께서 만들어 가시기 때문입니다.

급하게 물을 빨아들이는 스펀지가 아니라 가랑비에 옷이 젖듯이 서서히 변해 가는 것입니다. 물론 할아버지는 심할 때는 광폭을 행사하셨던 적도 있습니다. 큰고모에 따르면 교회를 다녀온 할머니의 머리채를 잡고 빙빙 돌리셨다고 합니다. 식사하다 갑자기 상을 마당에 던지기도 하셨습니다. 가끔 아버지도 마당에 상을 던지셨습니다. 우리 집에 상다리가 성한 것이 없었습니다.

큰고모는 유교 집안으로 시집가셨습니다. 얼마나 근엄한 집안이었습니까? 방학 때 큰고모 집에 가면 시어른 내외분은 하얀 한산 모시옷을 입고 마루에 앉아 계셨습니다. 하지만 24살에 청상과부가 된 큰고모는 지게를 지고 볏가마를 날랐습니다. 어린 내가 이해할 수 없었습니다. 큰고모는 시어른이 할아버지처럼 할까 봐 교회를 다니지 않았다고 했습니다. 하지만 큰고모는 3 남매에게는 외할머니처럼 열심히 교회를 다니라고 했습니다. 양가감정(兩價感情)일까요. 큰고모는 할아버지의 심정도, 할머니의 심정도 긍정적으로 이해한 것입니다.

할아버지야말로 세대를 본받지 않고 마음을 새롭게 하셔서 하나님의 선하시고 기뻐하시고 온전하신 뜻이 무엇인지를 서서히 파악해 가신 분입니다. 하나님의 온전하신 뜻을 분별 하는데 많은 시간이 걸렸습니다. 하지만 하나님의 시간은 길고 짧음에 있지 않습니다. 하나님의 시간은 계획의 완성에 있기 때문입니다. 하나님의 시간은 창세기 1장 1절에서 요한계시록 22장 21절까지입니다. 하나님의 계획은 할아버지의 역사를 완성하는 것이었고 그 결과 우리 가정은 완벽한 하나님의 가정으로 완성된 것입니다.

할아버지는 임종하시면서 "할렐루야(Hallelujah, 하나님을 찬양)"를 3차례 외치셨습니다. 나는 많은 간증을 들었습니다. 할아버지처럼 운명하면서 할렐루야를 외쳤다는 간증은 들어 본 적이 없습니다. 할아버지는 할렐루야를 외치심으로 예수님이 십자가상에서 "테텔레스타이(Tetelestai, 다 이루었다)"라고 외친 말씀을 완성하신 것입니다. 할아버지는 과거 세대를 본받지 않았습니다. 그러면서 하나님의 온전하신 뜻이 무엇인지를 분별하는데 시간이 다소 많이 걸렸을 뿐입니다. 할아버지의 본심에는 "할렐루야"였습니다. 우리 온 가족도 성급하게 생각하기보다는 대기만성의 신앙생활을 통해 "할렐루야"를 외쳤던 할아버지처럼 심지가 굳은 신앙생활에 매진하셔서 하나님이 기뻐하시는 "하나님만 바라보는" 하나님의 완벽한 각 가정을 굳건히 하시기를 간절히 기도합니다.

이 말씀은 2025년 5월 5일 서천군 문산면 금복리 선영에서 가진 추도예배 설교입니다.

사랑의 터전 비홍리 108번지

1. 우리 집 가훈

가훈(家訓)은 고래(古來)로부터 이어져 내려오는 한 집안의 좌우명 또는 규범으로 대부분 윤리적인 덕목(德目)을 포괄적으로 함축하고 있다. 가훈은 각 가정의 어른들이 조상들로부터 내려오는 정신과 경험 등을 살려서 후대에 내려 준 것이다. 예로부터 우리나라의 명문양가(名文良家)라 일컬어지는 가정에서는 가훈을 대대로 이어받아 전통적으로 지켜져 오는 훌륭한 법도다. 각 가정의 가훈만 보더라도 그 집안의 가풍을 알 수 있다.

한 집안의 윤리적인 규범이었던 실훈(實訓)은 가족과 그 후손들에게 올바른 마음가짐과 생활 태도를 규정해 준다. 규범은 행복한 가정을 이끌어 가는 방법을 전수(傳受)시켜 주기도 한다. 후손들이 세상을 슬기롭게 사는 처신 방법을 가르쳐 준다. 특히, 가정의 인화와 인간으로서의 가치관 형성의 기본적 소양을 위한 교육적인 내용을 대부분 담고 있다.

명문가들은 가훈을 중심으로 전통적인 가정교육을 하게 되고 자손들은 각 가정 나름의 전통적 생활 기풍을 형성한다. 교훈을 통해 지켜야 할

예의범절과 선조들의 슬기와 소중한 경험을 터득하고 지표로 지켜왔다.

우리 집안도 안동(安東) 권씨(權氏) 추밀공파(樞密公派)의 중시조인 문충공(文忠公) 권근(權近) 할아버지의 가훈(家訓)을 비롯해 다양한 가르침이 역사서 등에 수록되어 있다. 문충공 할아버지의 가훈은 조선 초기 성리학의 초석을 다진 유학자답게 유교적이고 그 정신에 입각한 후손들의 바른 행동을 가르치고 있다.

조선 시대에서 일제 강점기를 거쳐 오면서 유교나 불교적인 색채는 흐려졌다. 왕(王)의 시대가 아니라 민(民)의 시대가 정착되어 갔다. 이렇게 변화하는 데 주도적으로 역할 한 것은 기독교일 것이다. 이를 근간으로 민주주의도 점차 체계를 잡아간 것으로 볼 수 있다.

우리 가정도 유교를 뒤로하고 기독교적인 가정으로 변화되어 갔다. 이렇게 이끈 분은 할머니다. 하나님의 절대적인 권위 안에 있던 할머니가 유교 세상의 할아버지와 결혼하면서 완전히 바뀌었다. 우리 가정은 기독교 가정임을 자타(自他)가 인정했다. 할아버지와 할머니, 외할아버지와 외할머니 기독교인이다.

아버지가 충남 보령군 성주면 성주리 성주장로교회(한국기독교장로회)에 시무할 때 일이다. 여동생들이 다닌 초등학교에서 각 가정의 가훈을 조사해 오라는 숙제를 냈다. 아버지는 이때 다음과 같은 가훈을 동생들에게 주셨다.

□ : 하나님께 영광(榮光)

□ : 역경극복(逆境克復)

□ : 자기계발(自己啓發)

우리 가훈은 아버지가 동생들의 과제물 해결 차원에서 갑작스럽게 정한 것이기는 하지만 아버지의 잠재된 생각의 결론이다. 우리 가정의 분위기를 잘 반영한 가훈이라고 생각한다. 우리 집은 어릴 때 한동안 집에서 농사일을 돕는 사람들을 두고 생활한 시기를 제외하면 경제적으로 어려움을 면치 못하고 살아왔다.

그 어려운 환경을 이길 수 있도록 해 준 것은 정신적으로는 "하나님 사랑"의 기독교였다. 그런 어려움을 극복하기 위한 무단한 노력과 끊임없는 반성, 그리고 도전이었다. 간절히 기도하며 노력하면 이뤄주시는 하나님의 말씀을 우리 가족은 실천해 왔고 그 이뤄주심에 감사를 드린다. 하나님은 우리가 바라고 원하며 기도하는 것을 이루어 주시고, 그 결실을 바라보며 하나님 살아계심의 증인이 된다.

아버지가 내려 주신 가훈은 자식들에게 내려 준 가훈이지만 정작 자식들이 성장해서 정착한 모습은 보지 못하셨다. 일찍 가셔야 하는 아버지 자신에 대한 하나님의 섭리를 미리 아시고 자식들에게 내려 준 것으로 생각한다. 이런 의미에서 우리 집 가훈은 하나님을 한없이 사랑하며 살았던 할머니와 아버지의 혼이 실려있다. 하나님을 사랑하고 그 사랑으로 얻은 영광을 하나님께 돌리는 그런 믿음을 실천하라는 아버지의 뜻이다.

하나님은 믿음, 소망, 사랑이다. 하나님은 당신의 모습으로 창조된 인간들이 당신이 창조한 세상에서 살아가는 것을 보고 기뻐하셨다. 인간들은 그토록 사랑하셨던 하나님이 지키도록 내려 준 하나님의 가훈을 지키지 못해 죄의 수렁에 빠져들었다. 그 죄를 대속해 주시기 위해 하나님은 스스로 인간이 되어 하나뿐인 아들 독생자 예수그리스도를 이 땅에 보내 주셨다. 예수님은 하나님의 인간에 대한 사랑의 상징이며 징표다. 예수님을 통해 죄 사함을 받은 우리 인간은 멸망하지 않은 영생을 얻은 것이다.

이 땅에 예수님이 오신 것은 하나님이 세상을 심판하기 위함이 아니라 하나님이 원하고 바라던 세상으로 회복시키기 위한 구원을 이루기 위한 것이다. 예수를 믿는 것은 우리에게 부족함이 없고, 노력하면 이뤄주기를 소망함을 성찰하시기 위함이다. 하나님께 의지함은 우리의 생명을 담보하는 것과 같은 것이다. 그러므로 우리를 이 땅에 있게 한 이도, 살도록 한 이도, 번영을 보장한 이도, 거두는 이도 하나님이시다. 자식이 부모님을 의지하듯이 하나님을 의지함은 당연하다. 하나님은 우리들의 영혼을 소생시키시고자 하나님의 뜻대로 믿는 자들을 의의 길로 인도하신다.

이런 의미에서 우리 가족은 하나님의 영광을 높이고 영원함을 높이 드러내기 위한 존재이니 부단히 노력하여 자신의 부족한 부분을 주님의 은혜로 채우고 그 채움을 통해 나보다 못한 사람들을 돕는 일에 게을리 해서는 안 될 것이다. 사람은 하나님과 똑같은 형상과 모양으로 지음을 받은 존재다. 그러므로 차별이 없고 높고 낮음은 처음부터 없었다. 차별이나 높고 낮음은 인간의 감정이 먼저 발했음을 드러내는 것이다.

처음도 끝도 하나님 사랑이니 부단히 자신을 계발해 하나님 나라를 위한 만난(萬難)을 극복하는 신앙을 가질 것이다. 그것이 하나님의 뜻이고 아버지의 뜻이기도 하다. 이를 통해 얻은 것을 많은 사람에게 베푸는 것도 아버지의 정신이다. 이는 처음도 하나님이요, 나중도 하나님이신 할아버지와 할머니의 삶 그 자체다. 나눔은 하나님이 기뻐하시는 제사

(히13:16)인 점을 깊이 깨달아야 한다.

아버지가 내려 준 가훈을 잘 지키고 또 후손들에게 전수하여 가르쳐 줌으로써 더욱 풍요롭고 하나님 사랑이 차고 넘치는 가문으로 발전시켜 나가도록 노력해야 할 것이다. 이는 우리 몸속에 베인 할머니와 아버지의 하나님 사랑 정신일 것이다. 그리고 이 정신을 누대(屢代)로 이어지도록 계승해야 할 것이다.

동생이 아버지의 설교집 중 글자체를 떠서 만든 가훈 액자입니다.

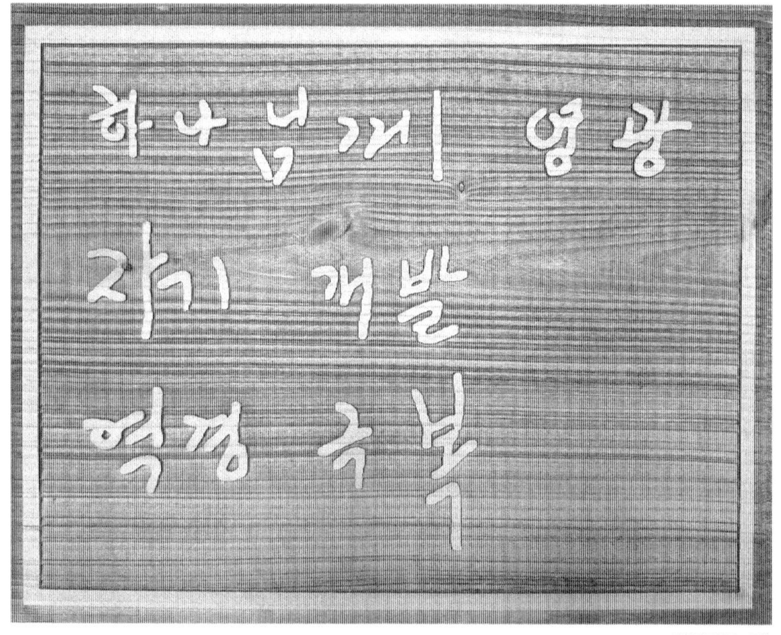

아버지의 가훈

2. 홍연리 108번지(飛鴻리), 우리 집

우리 고향 집은 충남 부여군 옥산면 홍연리 108번지다. 지금은 도로명으로 개편돼서 옥산면 홍연로 28번 길이 되었다. 홍연리는 飛鴻(비홍)리, 목동리, 용연리 등 3개 리로 구성됐다. 몇 년 전 용연리는 공식적인 마을 단위로 독립됐다고 들었다. 내가 태어나고 자란 동네는 飛鴻리, 기러기가 날아다니는 마을이다. 실제로 내가 어릴 때 동네 앞 옥산저수지에는 기러기와 청둥오리가 떼로 몰려들었다. 언젠가부터 돼지와 한우, 닭 등 축산이 성하면서 옥산저수지는 축산폐수 저수지로 변했다. 서울 등에서 내려오던 강태공들은 물론 철새도 자연스럽게 사라졌다. 20여 년 전부터 축산폐수에 대한 심각함에 폐수방류가 줄면서 강태공도 철새도 드문드문 찾고 있다고 한다.

이곳에서 삼촌과 막내 고모 그리고 우리 형제 6남매가 태어났다. 그래서 비홍리는 어릴 때 나의 추억이 아련히 남아있는 마을이다. 우리 집은 뒤에는 비홍산이 있고 맞은 편에는 옥녀봉이 있다. 그 사이에 개천(냇갈)이 흘렀다. 이 개천은 윗동네인 상기리에서 발원해서 들판의 중간을 흘러 옥산저수지를 거쳐 남면 평야를 적신 뒤에 백마강(금강)으로 흘러 간다. 개천의 그 끝에 옥산저수지가 있다.

옥산저수지는 1930년대에 건설됐다. 공사에는 3년 정도 걸렸다고 한다. 일제가 식량을 한참 일본으로 빼내 가던 시기다. 담수 면적은 22만 평 규모에 저수량은 268만200톤, 제방 길이는 548m, 높이는 10.2m다. 100년 가까이 지난 지금까지도 같은 규모의 담수량을 유지하고 있다. 옥산저수지는 점토와 흙, 토석 등을 완만한 기울기로 쌓아 올려 만든 본체자중(本體自重)에 의해 저수(貯水)의 하중을 지탱하는 형식의 필댐(Fill Dam)[1)]이다.

지금은 공사를 대부분 기계로 하지만 당시에는 삽과 곡괭이로 파고 지게로 져 날라야 했다. 옥산저수지는 해발 250m의 산지로 둘러싸여 있고 이 지역은 쌀과 보리 중심의 주곡농업이 농가의 소득원이었다. 옥산저수지라는 이름의 저수지는 전국적으로 4개나 된다. 부여군을 비롯해 충북 진천, 전북 군산과 고창에도 있다.

비홍리 집은 배산임수라고 할 수 있고 향은 서향이었다. 대부분 주택은 남향으로 지어지는데 우리 집은 서향이었다. 산을 등지고 들판을 바라보는 향이었다. 서향이어서 부엌 살림하시는 어머니가 고생하셨다. 특히 아궁이의 방향이 남쪽에서 북쪽으로 불을 때는 것이었다. 상식적으로는 북쪽에 아궁이가 있고 굴뚝은 남쪽에 있는 것이 정상 같았는데 비홍리 동네 아궁이는 대부분 남쪽에 있었던 것 같다. 그래선지 아궁이에 불을 지피면 굴뚝으로 연기가 잘 빠져나가지 않고 아궁이로 되돌아오는

---

1 점토, 흙, 사력(모래) 등의 자연 재료를 주재료로 하여 축조한 댐

경우가 많았다. 그때마다 부엌은 연기로 가득했다.

우리 집은 집안에 안마당이 있고 대문밖에 바깥마당이 또 있었다. 곡식을 거두는 바심 즉 탈곡하는 일은 바깥마당에서 주로 했다. 아버지는 가을철 추수하기 전에는 항상 황토흙을 산에서 파다가 마당 평탄 작업을 하셨다. 벼를 타작하면 벼가 마당 바닥 홈 등으로 빠지는 것을 막기 위한 것으로 보인다. 마당 작업을 할 때는 동네 사람들이 모두 모여 도왔다. 이것이 우리 민족 고래로부터 내려오는 전통인 품앗이라는 것이다.

할아버지의 지시를 받은 아버지는 나무로 된 울타리도 흙벽돌로 쌓았다. 대부분 가정에서는 산에서 싸리나무 등을 베어다가 담장을 매년 일부분씩 개비를 했다. 우리 집도 3면이 울타리였는데 매년 일정 부분씩 개비를 했다. 어느 날 바깥마당에 흙벽돌을 빼서 말려 그 벽돌로 울타리를 제거하고 담장을 세웠다. 집안이 엄청 깨끗했다. 하지만 심하게 적막함 그 자체였다.

울타리 시절에는 동네 강아지나 닭들이 자연스럽게 집안으로 마실을 자주 왔는데 담을 친 뒤에는 그런 일이 모두 없어졌다. 또 할머니를 곤혹스럽게 했다. 그동안은 할머니가 할아버지 몰래 울타리 사이로 개구멍으로 성미 자루를 밖으로 내보낼 수 있었는데 담장이 쳐진 뒤로는 성미 주머니를 할아버지 앞에서 들고 대문 밖으로 나가야 했다. 그때마다 할아버지는 할머니를 향하여 "교회에 가면 쇠고깃국 나오냐?" 버럭 화를 내셨다.

안마당에는 작은 화단이 있었다. 화단에는 함박꽃과 목단꽃이 있었다. 할아버지가 먼산나무[2] 가셔서 캐 온 꽃이라고 했다. 한반도 모양의 화단에 꽃들이 피는 봄철이면 꽃향기로 집안이 가득했다. 가을이면 약초수집상들이 매년 들려서 목단과 함박꽃 뿌리를 속아 갔다. 뿌리를 약재로 쓰는 것 같다. 할머니는 그 약재상들로부터 받는 수입이 쏠쏠했던 것 같다. 함박꽃과 목단꽃은 화려했다. 그런데 꽃은 피면 오래가지 못하고 곧바로 큰 꽃잎이 물먹은 휴지처럼 뚝뚝 떨어졌다. 할머니는 함박꽃 사이 사이에 토마토와 딸기 등도 심었다. 집 뒤에도 딸기와 포도 등을 심었다. 손자들을 위한 할아버지와 할머니의 사랑은 지극하셨다. 돼지우리 옆에는 감나무가 있었다. 감나무는 고목이었다. 고목이 된 감나무는 죽고 그 사이로 새순이 나와 감이 열릴 정도로 감나무가 컸다. 그 바로 앞에는 집안에서 발생하는 쓰레기를 모아두는 쓰레기장이 있었다. 그 앞에 쑤세미를 심었다. 쓰레기장 옆이라서인지 쑤세미는 많이 열렸다. 쑤세미 줄기에서 나오는 즙이 건강에 좋다고 해서 즙을 받기도 했다. 쑤세미는 부엌에서 행주로 사용했고 다른 집에 나눠주기도 했다.

집 안채 맞은편에는 광이 두 칸이 있었다. 광 두 칸 양쪽으로는 닭을 키우는 칸과 돼지를 키우는 칸이 있었다. 한쪽 광에는 가을에 수확한 벼를 넣었고 다른 한편에는 곡식을 넣었다. 주로 콩과 팥, 녹두, 깨 등을 보관했다. 벼를 넣어두는 광 뒤에는 채전 밭이 있었다. 벼 광 안쪽에 두꺼운 널판자를 대서 밖에서 벽을 뚫고 벼를 빼낼 수 없도록 했다. 그렇게 했는데도 언젠가는 도둑이 들어 벼를 훔쳐 가는 일이 있었다. 벼 광

2 먼산나무는 집으로부터 거리가 먼 산에 가서 나무를 해 오는 것을 말한다. 당시에는 5,60리 길을 걸어가서 나무를 해 와야 했다. 우리는 집주변에 산을 가지고 있지 않았다. 하지만 밥을 짓기 위해 산에 가서 나무를 해와야 했다. 새벽밥을 먹고 도시락을 두 개 싸서 갔다고 한다.

앞에는 널빤지를 한 칸씩 끼울 수 있도록 해서 벼를 넣고 빼내는 작업이 쉽게 했다.

맨 위에는 열쇠를 고정할 수 있는 장치가 있었다. 벼 광은 안방에서 보면 직선거리였다. 바심(바슴, 벼 수확)하는 날에는 할아버지가 안방에서 광을 바라보시고 벼가 채워질 때마다 흡족해하셨다. 바심이 끝나면 아버지는 항상 할아버지께 올 벼수확이 얼마나 됐는지를 꼭 말씀드렸다. 과거에 어른들은 부의 척도를 논의 규모와 쌀에 두었다. 광이 채워지는 과정을 바라보면서 할아버지는 흡족함과 우리 식구의 배고픔을 면하는 것까지 생각하였을 것이다.

그 옆에 사랑채에는 서쪽으로 나무를 쌓아두는 나뭇광이 있었다. 사랑채의 동쪽에는 한 칸짜리 사랑방이 있었다. 가운데는 대문이 있었다. 흙벽돌로 담장을 한 뒤로는 대문 아니면 들어 올 수도 나갈 수도 없었다. 사랑채의 아궁이는 대문 칸에 있었다. 사랑채에 손님이 들면 그 아궁이에 불을 지폈다. 나중에 아버지가 대문 칸이 너무 복잡해져서 사랑채의 동편에 부엌을 냈는데 불이 잘 들지 않아서 결국 사용하지는 못했다.

어머니는 대문간에서는 한산모시를 매는 작업을 했다. 모시를 매는 작업은 모시 올이 끊어지지 않도록 모시 올에 콩물을 먹이는 작업이다. 이 작업을 모시를 맨다고 한다. 모시를 매는 작업은 한산모시 천을 짜기 직전 작업으로 천 만드는 거의 마지막 단계다. 모시를 매기 위해서는 아궁이에서 불을 옮겨서 바닥에 길게 놓고 그 위에 왕겨를 덮는다. 그러면 왕겨에 불이 붙게 되는데 열이 은은하게 올라와 아침부터 저녁나절까지 온기가 유지된다. 이 온기가 콩물 입힌 모시를 말려준다. 그런데 하루 온종일 하는 작업이라 엄마는 계속 올라오는 열기와 연기 때문에 고생하셨다. 겨울에는 문제가 없지만 한 여름에는 열기와 연기 때문에 더욱 힘든 작업이었다. 어머니가 그 일을 하셨다. 매는 작업이 끝나면 사랑방에 있는 베틀에서 짜는 작업을 했다. 모시 한 필을 짜는데 일주일에서 10일 정도 걸렸던 것 같다.

베를 짜는 작업에는 적당한 습기 조절이 중요하다. 너무 건조하면 모시 올이 잘 끊어지고, 습하면 북통이 잘 나가지 않고 위아래로 실올을 엮어 가는 바디도 빽빽해진다. 사랑방은 남향이었다. 너무 건조해서 베틀 밑에 들에서 베어온 풀을 깔아서 어느 정도 습기가 유지되도록 했다. 풀이 말라 들면 풀 위에 물을 뿌려서 습기를 유지하도록 했다. 어머니가 베를 짜는 일 때문에 고생을 많이 하셨다. 사랑방은 한산모시를 짤 때를 빼고는 집에 오는 손님들이 이용했다. 우리 집에 와서 일하던 6촌 형님(집안 장손) 가족들이 한동안, 그러니까 할아버지 돌아가실 때까지 살았다.

사랑채와 안채 사이에는 뒷마당이 있고 더 들어가면 장독대가 있었다. 장독대 옆에는 아름드리 감나무가 있었다. 감나무 가지가 너무 번성해서 뒷집 마당까지 덮어서 이웃집의 원성을 듣기도 했다. 그 감나무 밑은 무더운 여름철에 좋은 쉼터였다. 그곳은 냉장고처럼 시원한 곳이었다. 여름철 안채에서 건너 방문을 열어두면 감나무 덕으로 시원했다.

그 앞에는 오줌을 받는 소변 통이 있었다. 소마 통이라고도 불렀다. 이렇게 모은 소변은 거름으로 이용했다. 생각해 보면 조상들은 인체에서 나오는 모든 것을 버리는 것이 없었던 것 같다. 이처럼 소변 통을 안채 가까이 둔 것은 소변을 거름으로 이용하기 위해 모으기 위한 것이다. 할아버지는 소변도 남의 집에서 보지 말고 집에 와서 누라고 하셨다. 귀한 거름이기 때문이다.

뒷마당에는 포도나무도 있었다. 포도가 많이 열리지는 않았던 것으로 기억한다. 감나무 옆에는 장독대가 있었다. 큰 돌이 평탄하게 깔린 위에 우리 집 음식 맛을 내는 간장독과 된장, 고추장 항아리 등 맛의 보고가 장승처럼 세워져 있었다. 장독들이 장승처럼 키가 커서 어릴 때는 감히 접근이 어려웠다. 간혹 시커먼 간장독 속에 비친 하늘을 볼 수 있다. 그 광경은 거울을 통해서 하늘을 바라보는 또 다른 방식이었다.

장독대를 보면 그 집의 빈부를 가름할 수 있다고 한다. 우리 집 장독대는 어디서 구했는지는 모르겠지만 넓은 바위들을 반반하게 깔아서 항아리를 놓아도 크게 움직이지 않도록 했다. 장독대에는 20여 개의 큰 항아리가 진을 치고 있었다. 장독대와 담 사이에는 딸기를 심었다. 사이 사이에는 쭉 나무(가죽나무)가 줄지어 있었다. 봄철에 싹이 나오면 가지를 잘라서 잎을 삶아서 말린 뒤에 볶아서 먹으면 김 맛보다 더 구수했다. 가죽나무 잎 말린 것을 양념장과 밥을 비벼서 먹으면 그 맛 일품이다. 이외에도 어머니는 가죽나무 순으로 다양한 반찬을 만들었는데 지금은 그런 반찬을 찾을 수 없다. 최근 종로 5가 광장시장에서 가죽나무 순을 아주머니들이 팔고 있는 것을 본 적이 있다. 고향 집 생각이 아련했다.

안채 남쪽 처마 밑에는 토끼장이 있었다. 처음에는 2마리로 시작했다. 나중에는 수십 마리로 늘었다. 토끼는 한 달에 한배씩 낳는다. 새끼가 새끼를 낳는 것이다. 걷잡을 수 없는 속도로 토끼가 늘었다. 그 풀을 우리가 뜯어다 주어야 했다. 토끼로 인해서 많은 사단이 일어나기도 했다.

토끼는 습기에 약하다. 토끼장이 남쪽에 있어서 여름철 비바람이 몰아치면 여러 마리가 죽어 나갔다. 당시에는 이유를 몰랐다. 토끼는 주로 할아버지의 약용으로 이용했다. 그리고 가족 전체의 단백질 공급원이었다. 잡을 때마다 생기는 토끼 가죽은 귀마개나 발싸개 등으로 이용했다. 무척 따뜻했다. 좀 야만스러워 보이기는 하지만 옛적에는 많이들 하던 방식이다.

안마당 남쪽에는 치깐(변소 廁間-측간(표준어), 뒷간)이 있었다. 왜 치깐이라고 했는지는 모르겠다. 화장실보다는 치깐이 더 시골스럽고 친근감도 있다. 변소에는 부엌에서 나무를 태우면 나오는 재를 쌓아두는 재깐(사전을 찾아보면 뒷 간으로 표현한다.)이 있었다. 할머니는 그 재깐에서 홍어를 삭히기도 했다. 충남 서천 판교 5일 장에서 사온 홍어를 큰 가마니를 터서 가운데에 홍어를 넣고 물에 흠뻑 적셔서 재 또는 두엄에 묻어두었다. 재가 많은 습기를 머금고 있으면서 가마니 속의 홍어를 사실상 썩히는 것인데 흔히들 삭힌다고 한다. 그리고 부엌에서 나오는 설거지하고 나온 물을 화장실 통(애끼 통)에 버렸다. 아마도 시골에서는 비료 즉 거름이 필요한 시절이라 변소의 오물과 섞어 거름으로 사용했다.

집 바깥으로는 채전 밭이 1천여 평이 있었다. 채전 밭의 한 곁에는 아름드리 감나무가 있었다. 그 감나무는 나중에 할아버지 돌아가셨을 때 집 쪽으로 향한 큰 가지를 베어내어 5일장 화톳불 화목으로 사용하고도 남았다. 정말 큰 감나무였다. 채전 밭에는 100평 정도의 모시 풀밭이 있었다. 우리 마을에 모시풀밭이 있는 집이 몇 안 됐다. 모시풀은 년 중 3차례 정도 베어내어 한산모시를 제작하는 소재로 사용했다. 모시풀밭이 화장실 옆에 있는 이유는 모시가 거름을 많이 먹는 것이다. 화장실의 오물이 거름으로 제격이다. 그래서 화장실 오물을 빼내는 날은 모시풀밭에 거름 주는 날이다. 우리 집이 동네 한가운데 있는데도 동네 사람들의 반응은 별로 없었다. 요즘 같으면 난리 날 일이다.

모시풀밭 남쪽 위에는 참깨와 들깨, 콩, 녹두, 팥, 고구마 등을 심었다. 밑에는 무와 배추, 고추, 부추 등 김장용 채소들이 자랐다. 우리 집 체전 밭이다. 70년대 동네에 누에 붐이 일자 밭에 뽕나무를 심은 적도 있고 담배를 재배하려 한 적도 있었다. 그러나 실패했다. 나중에 뽕나무 뽑아 내는데 애를 많이 먹었다. 바깥채와 채전 밭 옆으로는 개천이 흘렀는데 가죽나무와 살구나무, 대추나무, 앵두나무, 복숭아나무, 고욤나무 등이 있었다. 나무와 나무 사이에는 머위가 있었는데 식당에서 간혹 머위를 들깨 등으로 요리한 머위 반찬을 보면 시골에서의 정취를 느낀다. 어머니가 머위 나물 요리를 잘하셨다. 과실나무는 할아버지가 집을 산 뒤에 심은 것이다. 나중에 손자들이 태어나면 주려고 심었다고 할머니가 말씀하셨다. 지금 고향에 가보면 이런 할아버지의 정성은 무심하게 사라져 버렸다. 집주인이 바뀌면서 관리가 소홀해지고 동네 안길이 확장되면서 거의 모두 사라졌다.

집안에서 바깥마당으로 나가면 200평쯤 되는 바깥마당이 있다. 마당 가장자리에는 감나무가 있고 그 옆에는 큰 퇴비장이 있었다. 가을철 벼 탈곡이 끝나면 지푸라기들이 퇴비장으로 모인다. 돼지우리에서 나온 분비물을 지푸라기와 거름을 켜켜이 쌓아두면 겨우내 발효해서 봄철 농사가 시작되면 들판의 거름으로 사용한다. 요즘 시골에 가서 보면 퇴비장 있는 곳이 거의 없다. 요즘 시골에서는 퇴비를 발효시킨 유박 비료를 사용한다. 퇴비가 필요하면 소나 돼지를 키우는 농장에 논에서 나온 짚을 제공하고 그 대신 두엄과 부산물을 받아 논과 들에 뿌린다. 대량으로 받을 수 있어서 한번 뿌리면 5년 정도는 비료 없이도 비옥하다고 한다.

시골에서는 봄, 가을에 동네 길을 정비한다. 농사가 시작되면 들에 거름을 내야 하고 거둬드리려면 지게나 우마차를 이용해야 해서 겨울철 패이고 상한 길을 평탄하게 하고 도랑도 정비한다. 가을에도 같은 작업을 동네 사람들이 모여서 한다. 이를 "길닦는다"고 한다. 가정별로는 마당에 황토를 이겨 덮어서 마당을 정비한다. 우리 집도 바깥마당에서 주로 탈곡한다. 마당에 황토 반죽을 덮고 평탄하게 다져서 말리면 작업은 끝이 난다. 마당을 정비하는 것은 바심할 때 흩어진 나락을 모으는데 편리하고 곡식에 돌들이 섞이지 않도록 하는 조상들의 지혜다. 마당을 이렇게 정비해 놓으면 땅 벌레들이 구멍을 뚫는데 그 벌레를 잡는 것도 일이다. 구멍에 졸, 즉 정구지를 밭에서 끊어다가 구멍에 밀어 넣으면 벌레가 정구지를 물고 밖으로 나온다. 벌레를 잡는 데는 아이들이 동원된다. 아이들은 벌레를 잡아 즐겁고, 댓가로 게임을 즐기기도 해서 일거양득이다.

우리 집 바깥마당의 개울 건너편에는 마을의 공동 우물이 있었다. 비홍리 마을은 공동우물을 중심으로 20여 가구가 옹기종기 모여 피붙이보다 더 가깝게 생활했다. 우물은 마을 위쪽에 또 하나 있었다. 이 우물을 수돗물로 활용했는데 지금은 모두 폐쇄했다. 대신에 수돗물이 마을로 올라온다. 우물 주변에는 미나리 방죽이라고 부르는 미나리 깡이 있었다. 지금은 매립돼서 우물이 있던 자리는 파악하기도 어려울 정도로 바뀌었다. 무더운 여름에는 공동 우물에서는 남정네들이 목욕하고, 윗샘에서는 여인네들이 목욕했다. 공동우물 터는 동네 사람들 공동주차장으로 변해 있다.

비홍리 108번지에서는 그 집을 사셨던 할아버지가 돌아가셨고 아버지 형제 중 한 사람과 내 동생 주희가 어릴 때 하늘나라로 갔다. 가정 형편이 어려워지면서 아버지는 69년 겨울 그 집과 옆의 채전밭 그리고 참

샘깨의 밭 등을 당시 쌀 120가마에 팔았다. 집과 채전밭은 그 당시 산 사람의 가족들이 살고 있다. 참샘깨 밭은 여러 사람을 거쳐 지금은 타지(부여군 남면) 사람이 사들여 묘지를 만들었다. 밭이 아니라 나지막한 구릉지로 변했다. 어른들은 그 밭이 옛날 절터였다고 했다. 밭 가장자리에는 당시 절에서 우물로 사용하던 우물터도 있다. 이런 상황을 알리없는 사람은 이곳에 묘지를 세웠다. 어른들은 절터에는 기가 세서 묘지를 세워서는 안 된다고 하셨다. 그 이후 사정은 잘 모르겠다.

내가 태어난 집

3. 내 고향은 충남 부여

내 고향은 충남 부여 옥산면 홍연리다. 홍연리는 비홍리와 목동리, 용연리 이렇게 3개 마을로 구성되어 있다. 용연리는 동네는 저수지가 함께하는 우리 동네와는 다르게 산으로 둘러싸여 있다. 그리고 마을도 무척 크고 넓다. 그래서 부여군 옥산면 용연리로 분리됐다. 아마도 마을회관을 짓는 과정에서 홀대받는다는 갈등이 있었다고 들었다.

마을회관은 마을당 한곳이란 원칙을 정했다고 한다. 홍연리의 경우 비홍리와 목동리, 그리고 용연리 중 목동리에 마을회관을 지었다. 우리 고향인 비홍리와 용연리가 홀대당한 것이다. 비홍리는 재경인들이 모여 마을회관을 세웠다. 재경인들이 땅을 기증하고 TV, 에어컨 등을 사서 조달했다. 용연리는 그렇지 못했다. 그래서 갈등이 생겼다. 그리고 이번 기회에 마을을 분리하자는 의견이 제기돼서 홍연리에서 분리되어 독립됐다.

홍연리(鴻淵里)는 飛鴻리, 木同리, 龍淵리 이렇게 3개 마을로 구성되어 있었다. 홍연리(鴻淵里)라는 이름도 비홍(飛鴻)리의 기러기 홍(鴻)자와 용연(龍淵)리의 못 연(淵)자를 선택해서 홍연리(鴻淵里)라고 조어하지 않았나 생각한다. 마을이 형성된 것은 백제시대부터라고 부여군지(扶餘郡誌)에 기록되어 있다.

우리 마을 비홍(飛鴻)리는 해발 267m에 불과한 비홍산 서쪽 기슭에 자리 잡은 20여 가구의 작은마을이다. 옛날 옛적에 어느 왕이 도읍을 정하고 장비와 식솔을 이끌고 하룻밤을 보냈다. 그런데 아침에 일어나보니 왕은 산꼭대기에 있었다고 한다. 밤새 평지가 산으로 솟아오른 것이다. 아마도 그 옛날 옛적은 백제시대 이전인 진국의 마한시대가 아닐까 생각한다.

비홍산에는 이몽학 자매의 애달픈 사연도 서려 있다. 조선왕조의 왕족 출신인 이몽학의 가정은 무척 가난했다고 한다. 부친은 안 계시고 어머니는 가난을 이겨내기 위해 입을 줄이기로 했다. 남매뿐인데도 한입을 줄이기로 했다. 그래서 묘책을 냈다. 딸에게는 비홍산 자락에 산성을 쌓도록 했다. 아들인 이몽학에게는 한양의 어느 양반댁에 가서 도장을 받아오는 게임이었다. 지는 사람은 입을 줄여야 하는 만큼 죽어야 하는 것이다.

어머니는 딸 옆에서 성 쌓는 과정을 지켜보고 있었다. 그런데 아들의 소식은 전혀 없는데 딸은 성을 거의 완성해 가는 것이다. 어머니는 딸보다는 아들이 살아야 한다는 생각을 한 것 같다. 어머니는 부엌에 들어가서 팥죽을 쑤기 시작했다. 이제 딸은 돌 하나를 얹어놓으면 성은 완성된다. 아들의 생명이 딸의 돌 하나에 달려있다.

딸에게 다가가서는 배고플 텐데 팥죽 한 그릇 먹고 일하라고 권한다. 딸은 이미 어머니의 저의를 알아챘다. 딸은 어머니가 건네주는 팥죽을 받아 들고 천천히 넘긴다. 딸도 눈물의 팥죽을 넘기며 동생 몽학을 기다린다. 그때 몽학이 말을 타고 집으로 들어선다. 그때 딸은 반가운 나머지 돌 올릴 생각보다 동생을 맞이하러 나간다. 그래서 딸은 스스로 자결하고 만다. 비극적인 이야기지만 가족을 살려야 하는 딸의 헌신이 갸륵하다.

이몽학은 장성해서 부여군 홍산지역에서 농민반란도 주도한다. 때는 임진왜란이 막 끝난 때니 먹고사는 것이 얼마나 어려웠을까 하는 생각도 든다. 2010년 제작한 역사영화 〈구르믈 버서난 달처럼〉, 넷플릭스의 〈전란〉이란 영화는 바로 이몽학의 난을 배경으로 한 것이다. 이몽학은 당초 임진왜란 당시의 의병장이었다. 그러나 전란 후 농민들의 생활은 피폐(疲弊)할 수밖에 없었다. 하지만 전후 정부도 혼란 그 자체였다. 이때 이몽학은 농민반란을 일으켰다.

반응이 거셌다. 이몽학이 의병장과 왕족인데 서얼 출신이었다. 충남 서부지역 특히 홍산과 홍주 즉 홍성지역에 반란은 거세게 일었다. 하지만 반란군은 홍주성 점령에 실패하면서 세력이 급격히 기울었다. 이몽학의 반란에 참여한 사람들이 관군에 잡혀 취조당하는 과정에서 이몽학의 반란에 참여한 사람들이 고변(告變)됐다. 이 과정에서 유명 인사들이 탄핵 또는 죽임당했다. 능지처참당한 사람이 33명이었고, 100명이 넘는 사람들이 한양으로 잡혀갔다. 이들은 고문을 견디지 못하고 죽어갔다. 이때 체포된 사람은 김덕령, 곽재우, 고언백, 홍계남 등이고 의병장 김덕령은 고문을 못 견디고 결국 옥사했다.

이몽학이 주도한 반란은 실패로 끝났다. 내가 어릴 때 비홍산 남쪽 자락에 키가 큰 낙엽송과 그 바로 밑에 검정 바위와 하얀 바위가 있었다. 이 한 쌍의 바위는 상당히 먼 신작로에서도 보일 정도로 크고 넓은 바위였다. 어른들은 이몽학 남매의 원혼을 기리기 위한 바위라고 했다.

우리 고향 뒷산 비홍산에는 이 밖에도 많은 이야기가 서려 있다.

이몽학 남매의 원혼 바위에서 수직으로 비홍산 정상으로 올라가 보면 큰 바위들이 얽혀있다. 그 얽힌 바위들이 멀리에서 보면 크나큰 기러기가 땅을 박차고 날아가기 직전의 모습이다. 우리는 기러기가 아니라 독수리로 보일 정도로 멋진 비홍산의 정상 모습이었다. 지금은 비홍산 정상의 수목이 울창해져서 그 큰 바위들도 나무에 가려 기러기 모습을 볼 수 없다. 그 기러기 상은 홍산중·고등학교의 모표가 되었다.

나는 비홍산 기슭 30리 길을 걸어서 부여군 홍산면에 소재한 홍산중학교를 다녔다. 30리 길은 12km다 왕복 24km다. 21회로 졸업했다. 나는 3년 동안 방학을 빼고 비가 오나 눈이오나 그 길을 걸어 학교를 다녔다. 홍산중학교가 있는 구릉지대는 공동묘지였다고 한다. 일제 강점기에 그곳에 홍산농업고등학교가 세워졌다. 홍산중학교는 농고의 병설이다.

일본 사람들은 공동묘지에 학교를 세웠을까? 의문이 든다. 아마도 내 추측으로는 역사적인 사연들과 연이 되었을 가능성이 크다. 어른들은 홍산중학교가 자리 잡은 능선에 공동묘지가 있었다는 점을 고려한 것은 아니다. 어른들에 따르면 그 능선은 백제의 마지막 충신 계백장군이 무예를 닦던 지역 중 하나라고 한다. 일본인들은 그 충신의 흔적을 지우려고 학교를 세운 것일 것이다.

계백장군은 부여군 충화면에서 출생했다. 충화면은 계백장군 외에도 성충, 흥수, 혜오화상, 억례복류, 곡나진수, 복신, 도침 등 백제 8충신이 태어나고 자란 곳이다. 충신의 마을이다. 지금도 충화면에는 계백장군 등 8충신을 기리기 위한 위패가 팔충사에 모셔져 있다. 그래서 조상들이 충화면이라고 마을 이름을 작명했을 것이다.

계백장군이 무예를 연마한 곳은 홍산중학교가 있는 공동묘지 지역과 조선시대 왕족들의 태가 모셔져 있는 태봉산과 연이어져 있다. 특히 부여 홍산(鴻山)은 역사 교과서에도 수록되어 있다. 고려시대 최영 장군이 서해안과 백마강으로 침입해 들어오는 왜구를 전멸시킨 곳이어서 그 전쟁을 홍산대첩이라고 한다. 지금도 홍산(鴻山)에 조선시대 현감이 정사를 돌보던 현청이 남아있다. 역사의 흔적은 땅이나 건물에 남아있기도 하지만 중요한 것은 가슴에 남는다.

4. 할아버지-할머니가 좋아하셨던 함박꽃과 목단꽃

할아버지는 함박꽃을 유난히 좋아하셨다. 언젠가 동생(주석)이 할아버지, 할머니가 좋아하셨던 꽃이 뭐냐고 묻기에 함박꽃이라고 했더니 할아버지 할머니 산소에 함박꽃을 사다 심었다. 사실은 할머니보다는 할아버지가 좋아하셨다. 비홍리 집에도 어릴 때 마당 한가운데에 함박꽃과 목단이 있어서 꽃이 피면 집안 가득히 꽃향기가 감돌아 다른 냄새가 나지 않았던 것으로 기억한다.

이 함박꽃은 할아버지가 먼산나무하러 가셨다가 캐 오셨다고 한다. 어릴 적에는 어느 집이나 산에서 나무를 베어다가 불을 지피고 밥을 지어 먹었다. 집 주변에 산이 없던 우리 집으로서는 주인 없는 산(주로 국유림)에서 나무를 해 와야 했다. 그리고 당시에는 집 주변에 산이 있더라도 나무를 너무 베어내서 땔감으로 사용할 수 없는 민둥산이었다. 그래서 대부분의 가정은 지게에 도시락(벤또) 2개를 매달고 사람이 살지 않는 산으로 나무를 하러 다녔다. 이를 당시에는 “먼산나무”한다고 했는데 마을에서 멀리 떨어진 곳으로 가기 때문에 그렇게 불렀던 것 같다. 먼산나무는 보통 새벽 4시쯤 출발해서 현지에 9시쯤 도착한다. 하루 종일 나무를 해서 지게에 지고 밤 9시쯤 다시 집으로 돌아오곤 했다.

최근에 어른들이 "먼산나무"를 했다는 백제골을 가봤다. 입구에서 나무를 하던 현장까지는 족히 20리는 되어 보였다. 백제골은 이름 그대로 백제시대에 망국의 애환이 서린 곳이라고 한다. 그곳은 백제가 신라와 당나라의 연합군에 망한 뒤 백제의 유민들이 나당연합군의 억압을 피해서 살았던 곳이라고 한다. 그래서인지 입구에서부터 끝까지 가는데 자동차로 10분 가까이 들어가야만 했다. 지금은 길을 확장해서 차량이 그런대로 편리하게 들어가기는 하지만 당시로서는 엄청나게 깊은 산중의 산이었을 것이다. 할아버지는 이런 깊은 산에서 나무를 하면서 발견한 함박꽃을 캐다가 집 안마당 한가운데에 심어놓은 것이다. 함박꽃과 함께 심은 목단도 마찬가지다. 함박꽃과 목단은 꽃 모양이나 향기가 비슷했던 것 같다. 그리고 가을이 되면 약초를 캐러 다니는 사람들이 항상 들르곤 했다. 그들은 함박꽃과 목단의 뿌리를 채취해서 한약재로 사용한다고 했다.

함박꽃 북한의 국화는 함박꽃 또는 '목란'이라고 알려졌다. '목란'은 김일성이 항일투쟁하던 시절 처음으로 발견했다고 한다. 이름이 없던 것을 김일성이 60년대 후반 직접 '목란'이란 이름을 지어 붙였다고 한다. 북한은 91년 4월 함박꽃을 공식적으로 국화로 지정했다.

함박 꽃과 목단꽃은 화려하기는 하지만 오래 볼 수 있는 꽃은 아니다. 함박이나 목단꽃은 꽃잎이 활착하고 난 뒤 사나흘이 지나면 꽃잎이 축축 떨어진다. 마치 모란꽃이 떨어지는 것과 비슷했다. 화려했던 꽃잎이 떨어지는 것을 보면 너무나 측은해 보일 정도다. 마치 백학처럼 쭝긋하게 피어올랐다가 어느 한순간 떨어지고 마는 모란꽃처럼 함박꽃도 그러했다. 그래서인지 모르지만 함박꽃을 주제로 한 대부분의 시(詩)들은 헤어짐을 주제로 해서 노래한다. 할아버지는 왜 함박꽃을 좋아하셨을까. 할아버지는 아마도 꽃의 화려함보다는 그 꽃에서 베어져 나오는 향기를 좋아하셨을 것이다. 함박꽃과 목단의 향기는 한방의 은은함과 깊이를 느끼게 한다. 그리고 남쪽으로 있던 변소(화장실)의 냄새를 중화시키기에 충분했다. 함박꽃은 꽃이 떨어지더라도 그 줄기에서 꽃만큼은 아니지만 은은한 향기가 베어 나왔다. 그래서 할아버지의 의도하심은 이런 목적도 있었을 것으로 추측한다. 할아버지는 중풍으로 대소변을 받아낼 때도 가끔 문지방에 기대어 마당에 피어 있는 함박꽃을 바라보고 계신 것을 자주 볼 수 있었다. 할아버지와 할머니는 지금도 손자들이 산소 앞에 심어놓은 함박꽃을 보면서 얼굴도 잘 기억나지 않는 손자, 손녀, 증손자와 증손녀들을 기다리실 것으로 생각된다.

5. 비홍리 집에 있는 물 항아리

할아버지와 할머니가 비홍리로 이사 온 뒤에는 할머니는 목동리에 있는 홍연교회를 다녔다. 할머니의 교회 열심은 대단했다. 할아버지는 그게 싫었다. 그래서인지 할아버지의 구박은 감당하기 어려운 정도였다. 증조부로부터 집에서 쫓겨난 이유가 교회였다. 할아버지는 교회에 가지 못하도록 할머니의 머리를 가위로 잘라 버리기도 했다. 큰고모에 따르면 할아버지는 머리채를 잡고 이리저리 끌고 다니는가 하면 머리채를 잡고 빙빙 돌리는 등 구박이 이만저만한 것이 아니었다. 할머니는 이에 굴하지 않았다.

이런 광경을 자주 본 큰고모는 평생 교회를 다니지 않았다. 큰고모 시댁은 철저한 유림이었던 것도 한 이유였다. 고모부는 6.25 전쟁에 참전해서 인제 전투에서 순직하셨다. 고모는 24살 젊은 나이에 청상과부가 됐다. 3남매의 아이들도 있었다. 시어른 내외도 생존해 계셨다.

방학 때 큰고모 집에 가면 고모는 지게를 지고 동분서주했다. 남자처럼 일했다. 그런데 시어른들은 하얀 한산 모시옷을 입고서 마루에 정좌

해 계셨다. 나는 그 어른들이 며느리를 돕는 것을 본 적이 없다. 큰고모는 부여군에서 효부상을 타기도 했다. 하지만 나는 고모가 애처로울 수밖에 없었다. 고모는 90년대 중반 의료사고로 돌아가셨다. 큰고모는 평상시 3남매에게 열심히 교회 다니라고 했다고 한다. 자신은 다니지 않았으면서도 자식들에게는 교회 다니라고 강조한 것이다. 이런 큰고모의 내심에는 어머니 즉 할머니가 믿었던 하나님이 자리하고 있었기 때문일 것이다.

비홍리 집에는 할아버지가 일제 강점기에 1원에 사셨다는 큰 물독, 즉 항아리가 있었다. 마루에서 부엌으로 들어가는 쪽문 바로 앞에 있었다. 사실 그 문은 상을 받아 올리거나 식사를 마친 뒤에 상을 부엌으로 내려놓는 문이었다. 아버지는 목동리로 이사할 때 그 항아리를 옮겨 가려고 하셨다. 그런데 옮기기에는 여러 가지 문제가 있었다. 항아리가 너무 큰 데다가 몇 군데에 금이 갔다. 할아버지를 생각하면 옮겨가야 하는데 방법이 없었다.

그 물 항아리와는 몇 가지 사연이 있다. 우리 집은 대가족이어서 당연히 물을 많이 사용했다. 집안에 우물이 없어서 마을 한가운데 있는 공동 우물에서 물을 길러 와야 했다. 물지게 양쪽에 각각 20리터짜리 물통을 걸어서 지고 다녔다. 장애물은 대문간 문지방을 넘는 것이다. 나는 보통보다 큰 키였는데도 물통이 대문간 문지방에 걸렸다.

할아버지가 대문간 문지방을 높인 것은 동네 강아지나 닭이 집 안으로 들어오는 것이 싫었기 때문이다. 그래서 동네 강아지나 닭은 우리 집 안으로 들어오지 못했다. 하지만 손자들이 물지게를 지고 그 대문간의 문지방을 넘는 것은 쉽지 않았다. 보통 키보다도 컸던 나조차도 어려웠다.

방법은 물통에 물을 절반만 채우는 것이다. 물통에 물을 넣으면 유체인지라 앞뒤로 움직인다. 물지게의 중심을 잡으려면 요령이 필요했다. 가던 방향을 잡으면 한 방향으로 줄곧 가야만 한다. 물이 출렁거리면 상당량은 버려진다. 물 항아리가 워낙 커서 이렇게 10여 차례 다녀야 채워진다.

한번은 이런 일도 있었다. 막내 선숙이가 아주 어릴 때 일이다. 시골에서 살다 보면 방물장수들이 동네를 순례한다. 물건을 가지고 와서는 팔고는 돈보다는 곡식으로 받아 가는 경우가 많다. 그날도 어머니가 방물장수로부터 물건을 산 뒤에 곡식으로 값을 치렀다. 어머니가 곡식을 가지러 광으로 가면서 방물 장수에게 어린 선숙이를 봐 달라고 했다. 그런데 순간적으로 선숙이가 물 항아리로 떨어진 것이다. 항아리에 물이 없어서 다행이지 큰일 날 뻔했다. 당시 그 물 항아리의 깊이는 내 키만 했던 것으로 기억한다. 내 키가 큰 편이었는데 물 항아리를 청소하려면 그 속으로 들어가야 할 정도로 큰 항아리였다. 선숙이는 지금까지도 짱구 머리인 것은 그때 항아리에 머리를 심하게 부딪혔기 때문이다.

6. 연기(煙氣)를 煙氣라 하지 못한 우리 집

부여 비홍리에 있는 우리 집은 서향(西向)이다. 남쪽에 부엌이 있고 북쪽에 굴뚝이 있다. 부엌 아궁이에서 불을 때면 내부 구들 구조는 잘 모르겠지만 굴뚝으로 연기가 잘 배출되지 않았다. 연기가 아궁이로 밀려 나오거나 바로 옆에 있는 아궁이로 나오는 경우가 많았다. 나는 구들 구조가 정상적으로 설치되지 않았거나 방향이 잘못된 것으로 생각했다.

이때마다 엄마는 연기를 연기라 부르지 않고 『내』라고 했다. 우리 집에서만의 일이라고 생각한다. 엄마가 "주만아! 굴뚝에 연기 나나 한번 봐라."하고 부엌에서 외치면 방안에 계시던 할아버지가 나오셨다. 이 일이 반복된 뒤에 엄마는 연기, 대신에 연기를 『내』라고 했다. "주만아! 굴뚝에서 『내』 나나 봐라." 하셨다. 그때부터는 할아버지는 나오시지 않았다. 엄마의 지혜였다.

할아버지의 성함이 영(寧)자, 기(基)자를 쓰시는 寧基, 엄마가 연기 나나 봐라! 하시면 방안에 계신 할아버지는 煙氣를 寧基로 잘못 들으신 것이다. 그것도 큰며느리가 감히 시아버지를 불렀다. 할아버지는 괘씸하게 생각하셨을지도 모른다. 그러나 겉으로 드러내신 적은 없다. 대신 엄마가 대책을 세운 것이다.

엄마는 연기를 『내』라고 했다. 그래서 『내』라는 한자를 찾아봤다. 奈는 어찌 내, 匂는 향내 내, 鼐는 가마솥 내, 이 정도에서 『내』라고 불렀던 근거를 찾아볼 수 있을 것 같다. 생전에 엄마한테 답을 구하지 못한 것이 아쉽다. "어찌 내(奈)"는 시아버지 성함을 어찌 내가 부르겠는가? 이런 의미일까? "향내 내(匂)"는 연기가 맵기는 하지만 매운 냄새를 가졌다는 의미에서 찾을 수 있다고 생각한다. "가마솥 내(鼐)"는 연기가 부엌에 있는 가마솥에 불을 지피면서 나는 냄새라는 점에서 생각해 볼 수 있다. 그런데 이렇게 복잡한 한자어를 생각하면서까지 엄마가 연기를 『내』라고 했는지가 궁금하다. 아니면 내가 그것을 억지로 맞춰보려고 그야말로 억지를 쓰는 것은 아닐지 그런 생각도 사실 하게 된다.

아무튼 어릴 때 우리 집에서는 연기를 연기라 하지 않고 『내』라는 단어를 사용했다. 『내』라는 단어가 실재하든 아니든 간에 단어의 선택에는 시아버지와 부딪치지 않으려는 며느리의 지혜가 있었다고 생각한다. 부딪치지 않는다는 것은 사전에 갈등을 예방하려는 지혜다. 이런 예방하려는 지혜는 가정에서는 물론이고 사회에서도 직장에서도 반드시 필요하다. 예방하려는 정신은 삶의 지혜에서 나온다. 삶의 지혜는 경험의 축적에서 출발한다. 삶이라는 것 자체가 갈등의 연속이기 때문이다. 자신과의 갈등, 가족 등 이웃과의 갈등 등 갈등 없이는 삶의 지속은 있을 수 없다.

7. 내 동생 주희(周僖)

주희는 1963년도에 태어나서 66년도에 짧은 인생을 살다 간 동생이다. 우리 나이로 다섯 살에 죽었으니 우리 기억에서 사라진 동생이기도 하다. 나와는 6살 차이니까 주희의 모습이 눈앞에 선하다. 어른 앞에서 예쁜 모습이라며 갖가지 아양을 떨던 모습이 눈앞에 보이는 듯하다. 주희는 할머니 치맛자락을 잡고 따라 다녔다. 주희는 할머니를 무척 좋아했던 동생이다.

주희는 머리에 진(津)물이 줄줄 흐르는 병을 앓다 치료도 제대로 받지 못하고 죽고 말았다. 병명이 무엇인지도 모른다. 엄마는 병원 한번 가보지 못한 주희를 안타까워했다. 66년 겨울 새벽에 동생 주희는 죽었다. 아버지와 친구인 갑훈이 아저씨가 들어오더니 주희를 포대기에 둘둘 말아서 지게에 지고 어디론가로 가셨다. 아마도 사전에 주희를 묻을 곳을 알아본 것 같다. 나중에야 알았지만 독적골에서 산적골로 가는 약간 가파르기는 하지만 양지바른 언덕에 묻었다고 한다.

70년대 비홍리 입구인 광고판에서 옥산까지 길을 넓히는 부역에 나간 적이 있다. 독적골과 산적골이 갈라지는 산 가장자리에서 흙을 지게에 져 나르는데 흙 속에서 어린아이들의 장난감들이 나왔다. 어른들은 이쯤에 애장[3](아기 무덤)이 있었다고 했다. 주희뿐만 아니라 동네에서 어린아이들이 죽으면 산소를 세우지 않고 이곳에 묻었다. 가끔 고향을 들르면 먼발치서 주희가 묻혔다는 곳을 바라보곤 한다. 이미 백골에 진토가 되었을 주희의 유골들을 생각한다.

제적등본을 보면 아직도 주희의 이름이 생생히 적혀 있다. 우리 식구들은 모두 주희를 잊은 지 오래다. 살아가는 것이 바쁘다는 핑계도 있겠지만 잊어도 되는 존재쯤으로 생각하는 것이 아닐까? 그런데도 나만은 가끔 주희를 생각하는 이유는 왜인지 모르겠다. 그것은 어릴 때 모습이 너무나 선명해서 가슴속에 각인되어 있기 때문이 아닐까? 한다. 사람은 어른들의 머리에서 지워지면 그 가정 모두의 기억에서도 사라진다. 반면에 누군가의 기억에서 남아있으면 그 가정에서도 회복된다. 그래서 언젠가는 잊혀진 주희 동생도 시나브로 우리 모두의 기억에서 회복된다고 생각한다.

내가 태어난 집은 안채와 사랑채, 광이 있는 바깥채, 정랑 이렇게 4채가 'ㅁ'자 형태를 이룬 집이다. 지금은 안채와 사랑채만 남아있다. 주희는 그 사랑채 중간에 있는 대문의 문지방을 넘지 못해서 '큰형 나 좀' 하면서 높은 문지방을 넘겨 달라고 했다. 그 모습을 나는 잊을 수 없다. 아니 눈앞에 그리라면 그릴 수 있을 정도로 선하다. 머리에서는 진물이 줄줄 흘러도 울지 않고 잘 참으면서 예쁜 모습을 했던 주희의 모습이 아련해

---

3 어린아이의 시체를 묻은 자리

진다.

주희가 살았으면 43살이다. 어엿한 중년의 가장이 됐을 것이고 명석했기에 아마도 공부도 잘 하지 않았을까. 그런 주희를 한 번도 찾지 않아서 큰형을 원망하고 있지 않을까 두렵다. 아니 그야말로 애장으로 한을 간직한 채 있지나 않을까 하는 안타까움도 있다. 언제 시간이 허락되면 그곳을 가서 기도라도 드려야겠다. 그동안 큰형이 못 찾아서 미안하다고, 주희가 이해해 주기를 바라는 것이 아니라 자신을 위로하기 위한 것이다. 기도는 다분히 자신이 자신을 향한 강청(强請)이기도 하다. (2005.12.05.)

할아버지-할머니-손자

1. 우리 집의 기둥 할아버지께서 소천하셨다

할아버지는 내가 10살 되던 해 정월 초하룻날 소천하셨다. 내가 56년생이니까 1965년 정월 초하룻날이다. 그날은 토요일이었던 것으로 기억한다. 당시 둘째 고모부(홍산면 홍양리 하이동에 사셔서 하이동 고모라고 했다)는 대전에 있는 침신대학을 다니셨는데 토요일이어서 장인인 우리 할아버지가 위급하다 해서 왔다고 하셨다. 고모 내외가 집에 도착하자마자 가족들이 모여 예배를 드렸다.

둘째 고모 내외가 예배를 마치고 집을 나섰다. 할머니와 가족들이 배웅하기 위해 대문 밖으로 죽 나갔다. 방안에는 큰고모와 나만 남았다. 그때 할아버지의 얼굴에 검버섯들이 점점 변해갔다. 할아버지의 얼굴이 검버섯은 사라지고 우윳빛으로 변해갔다. 나는 밖으로 뛰쳐나가 "할머니, 할아버지가 이상해져요" 하니 가족들이 모두 들어 왔다. 아마도 할아버지가 가장 가냘프고 귀여워하셨던 둘째 고모를 봤으니 이제 놓으려 하신 것 같았다.

할머니는 들어서자마자 할아버지 곁으로 가셨다. 그리고는 "영감, 할렐루야 하세요" 할아버지는 가느다란 목소리로 '할렐루야' 하셨다. 할머니가 "영감, 다시 한번 할렐루야 하세요" 하니, 할아버지는 다시 한번 '할렐루야' 하셨다. 할아버지는 이렇게 3번 할렐루야를 외치고 운명하셨다. 할아버지와 할머니 사이에서 처음으로 할머니의 요구를 할아버지는 거부하지 않고 순종하셨다. 이때부터 할아버지의 얼굴에 퍼져있던 검버섯은 점차 사라졌다. 할아버지의 얼굴이 이렇게 뽀얀 모습은 처음 봤다.

우리 집은 초상집이 됐다. 안마당에 채알('차일(遮日)'의 경남지역 방언)[1]이 들어오고, 교회 청년들은 꽃을 만들고 목수셨던 임봉호 장로님은 관을 짰다. 할아버지는 당신의 관으로 사용하기 위해 두터운 널판자를 뒤꼍에 보관해 뒀다. 그런 줄도 모르고 나는 외발 스케이트를 만들기 위해 그 송판 일부를 잘랐다가 아버지한테 몽둥이로 죽지 않을 만큼 맞았다. 장로님은 관을 짜고 남은 송판으로는 홍연교회 성가대 의자를 만들었다.

요즘도 시골에 가서 홍연교회에서 예배를 드리면 그 성가대 쪽으로 가서 의자를 만져보곤 한다. 할아버지의 체온은 그렇지만 분위기는 느낄 수 있다. 우리는 주변에 산이 없었기 때문에 화톳불용 목재는 채전밭 옆에 있는 감나무의 동쪽 즉 우리 집 쪽으로 뻗은 나뭇가지를 잘라서 사용했다. 요즘은 연탄을 화톳불로 사용하지만, 당시에는 나무가 주재료였다. 40여 장의 만장이 나갔다. 만장을 앞세워 상여가 따라간다. 그렇게 할아버지는 증조할아버지의 고향인 서천군 문산면 금복리로 가셨다.

할아버지가 오랜 기간 누워 계셨던 자리는 혁환이 형님과 상기 광열

---

1 "차일- 볕을 가리기 위하여 치는 포장"의 전라도 사투리결혼식, 장례식, 회갑식 등 애경사 때 마당에 햇볕과 눈·비 등을 가리기 위해 장대 2개로 포장 두 군데 구멍에 끼워 세워서 하늘을 가리게 하는 면 포장을 말한다.

이 아저씨가 정리했다. 아이들은 따라가는 것이 아니라고 해서 나는 상여를 따라가지 못했다. 상여가 만장을 앞세우고 집에서 아스라하게 멀어져 갔다. 집에 들어오니 혁환이 형님 내외와 광열이 아저씨가 분주하게 움직였다. 할아버지 자리를 치우고 계셨다.

그때 나는 바작[2]을 얹은 지게를 집 안방 쪽으로 받쳐놓은 것을 처음으로 보았다. 어른들은 지게를 안방 쪽으로 향하게 놓으면 혼냈다. 그렇게 하는 것이 아니라고 하는 그 이유를 알았다. 당시 집에는 혁환이 형님 가족과 광열이 아저씨 외에 상배 형님이 있었다. 나중에 안일이지만 상배 형님은 현재 미국으로 이민가서 살고 있다고 한다. 상배 형의 여동생은 동마장(마장동)에서 식당을 하고 있다고 한다.

혁환이 형님 내외분은 오래전에 돌아가셨다. 형님 내외는 2018년경 조상들이 계신 충남 서천군 문산면 금복리 노루지에서 국립묘지로 이장했다. 큰아들인 순상이 조카도 하늘나라로 갔다. 그 동생들인 순택이와 순창이 조카 그리고 여동생은 잘 지내고 있다.

---

2 주로 싸리나무로 만들었다. 지게에 얹어서 사용한다. 두엄이나 가마니 등으로 포장할 수 없는 물건 등을 얹어서 이동하는 도구.

2. "그것들은 출가외인(出嫁外人)여!"

할아버지와 함께 부여 홍산장 가는 날은 매우 즐거운 일이었다. 나는 할아버지가 장에 가자 하시면 그렇게 기쁠 수가 없었다. 장에 가면 가덕리 당숙들을 볼 수 있었고, 고모들도 만날 수 있었다. 그리고 할머니의 친정인 미산면 금지에서 오는 할아버지들도 만날 수 있었다. 특히 금지에서 오는 할아버지 중에는 할머니의 바로 밑에 동생인 언어장애인(말 못하는) 할아버지가 계셨다. 할아버지는 손재주가 좋으셔서 농촌에서 짐을 나를 때 사용하는 지게를 만들어서 장날마다 내다 파셨다. 할머니는 언어장애로 결혼하지 못한 할아버지에 대해 평생 안쓰러워하셨다.

할아버지는 홍산장에 도착하면 나에게는 당숙인 조카들을 찾아다니셨다. 가덕리에서 온 동네 사람들을 보면 "우리 오준이 못 봤어"하고 할아버지는 오준이 당숙을 특별히 찾았다. 당숙이 보이지 않으면 우리 동네에서 홍산장으로 들어가는 입구에서 방물장사를 하던 와룻댁 할머니를 찾았다. 와룻댁 할머니는 오준이 당숙의 장모님이다. "혹시 오준이 못 보셨어요" 할아버지는 특별히 조카들을 좋아하셨던 듯하다.

할아버지 생신은 정월달 추울 때다. 추운 겨울이지만 당숙들이 부여군 옥산면 가덕리에서 비홍리까지 오셨다. 꽤 먼 길인데도 숙부의 생신을 맞아 비홍리에 왔다. 생신에는 쌀밥에 무국이 주 음식으로 상에 차려졌다. 무국은 할아버지가 특별히 좋아하시던 음식이다. 엄마의 쇠고기 무국 맛은 일품이었다. 요즘도 엄마가 그리우면 쇠고기 무국도 함께 생각난다.

안방과 건넌방 그리고 마루와 사랑채에까지 당숙들은 물론 동네 어른들이 모여 식사했다. 그때 내 나이가 7~8살 때였다. 할아버지는 중풍으로 1년 6개월 정도 고생하시다 돌아가셨다. 병석에 계시기 전에는 홍산장으로 서천지역 문중의 시제로 나들이하셨다. 시제 나들이에는 한 달 정도 집을 비우시기도 하셨다. 시제에 가실 때에는 어머니가 풀을 먹여 다린 도포와 갓을 쓰시고 하얀 고무신을 신고 떠나셨다. 한 달쯤 뒤에 집으로 돌아오실 때는 하얗던 도포가 시커먼 해져서 오셨다. 하얀 고무신은 말할 것 없다. 엄마는 하얀 고무신은 짚 새기를 엮어서 만든 쑤세미에 모래나 재를 묻혀서 신발의 때를 밀어내셨다. 할아버지의 신발은 뽀얀 하얀 신발로 변했다.

할아버지의 도포 자락 주머니에는 항상 말라버린 인절미가 있었다. 이빨이 부러질 정도로 딱딱한 인절미를 밥하는 가마솥에 쪘다. 그러면 인절미는 먹음직스럽게 부드러워졌다. 그런데 그 맛은 내 나이 70까지 느껴보질 못했다. 그렇게 맛있는 인절미였다. 나는 그래서 할아버지가 언제 시제에 가시나 하고 기대한 적이 많았다.

안동 권가 추밀공파 한산계의 시제는 음력 10월 8일, 10월 15일, 10월 23일 이렇게 충남 서천군 내에 흩어져 있는 재실에서 문중이 모여 시제를 지낸다. 그래서 음력 10월이면 13촌숙이 전화를 해 올 때가 있다. "자네 이번 시제에 올 수 있나?" 다소 근엄한 목소리다. 숙부께 전화하다 안 되면 나한테 전화하신다. 그런데 2010년쯤 CBS대전본부장 시절 시간을 내서 숙부와 함께 시제에 참석한 적이 있었다.

우리 집은 기독교 가정이어서 제사를 지내지 않는다. 시제는 재실 집에서 드리는데 제사 문화에 서툴러서 실수만 반복했다. 그렇다고 그릇만 나를 수도 없는 노릇이다. 그릇도 엄청나게 많았고 그릇마다 놓은 위치가 달랐다. 또한 음식의 위치와 방향 또한 달랐다. 조상님들이 이것을 과연 찾아 드실 수 있을까? 하는 의문도 들었다. 하지만 그 어른들도 이렇게 제사를 드리는 것에 익숙해져 계실 것이니 찾아서 드시는 데는 불편이 없으시겠다 싶은 생각이 들었다. 나는 10년이 넘도록 시제에 참석한 적은 없다. 재실을 지키고 계시는 대부 어른께는 산소에 갈 때마다 인사를 드릴 정도다.

할아버지와 어느 날 걸어서 홍산장에 갈 때다. 할아버지 연세 60대 초반이었을 것이다. 걸어서 길을 가는데 할아버지를 아는 분이 다가와서는 "어르신 자제는 어떻게 되세요?" 했다. 할아버지 연세에 내가 손자였으니 그럴 법도 하다. 아버지는 6남매 중 4째다. 큰고모의 맞이는 나보다 10살이 많다. 그런데 할아버지의 답은 예외였다. "아들 둘" 이렇게 답하셨다. 내 생각에는 당연히 6남매라고 답해야 정답이다.

그래서 내가 "할아버지! 고모가 넷이나 더 있는데요" 했다. 할아버지는 "그것들은 출가외인(出嫁外人)여" 하셨다. 出嫁外人, 딸이 시집을 가면 그때부턴 남이라는 생각이다. 나는 고리타분한 생각이라는 생각은 하지 않았지만 7~8살 때이니 이해하지 못했다. 이런 이야기는 고모들에게 한

적은 없지만 고모들이 할아버지의 생각을 들었다면 얼마나 기분이 나쁘지 않았을까? 이런 생각을 한다. 아마도 출가외인이라는 생각은 고래로 내려오는 생각들이지만 지금 그렇게 생각한다면 뭇매를 맞을 것이다.

할아버지는 65세 되던 해 정월 초하룻날 오후에 소천하셨다. 나는 할아버지가 근검절약한 분으로 기억한다. 엄마는 할아버지의 근검절약에 대해 생각이 달랐다. 상갓집은 찾아오는 문상객에게 음식을 제공한다. 부여, 서천지역에서는 상(喪)을 당하면 개와 돼지를 잡았다. 할아버지 상(喪)에는 개나 돼지를 잡지는 않았던 것으로 기억한다. 부엌에 가마솥이 3개가 걸려 있어서 부엌에서 음식을 만들어 제공했다.

엄마는 할아버지가 문상객에게 제공하는 음식이 아까워 명절인 구정에 돌아가셨다는 말씀을 생전에 자주 하셨다. 명절에는 가가호호를 돌면서 어른들께 인사를 하는 것이 우리나라의 전통적인 문화였다. 요즘은 이런 문화가 살아있는 마을이 있는지 모르겠다. 동네 사람들이 어른께 인사를 오면 떡국이나 떡, 식혜, 과일 등을 냈다. 엄마는 이것이 아까워 할아버지가 구정 날을 돌아가시는 날로 택했다는 것이다. 구정에 인사 오면 음식을 내는데 그날 하늘나라로 가셨으니 문상객에게 내는 음식이 바로 그 음식이란 생각이다. 할아버지의 검소함을 애써 강조한 것이라는 생각은 하는데 다소 억지가 있기도 하다.

3. 양반이라고 했다!

할아버지 앞에서 족보를 펴놓고 옛 어른들에 대해서 배운 것이 3살 때부터다. 이름하여 보학(譜學)이라고 한다. 할아버지는 우리 집안은 양반이라고 하셨다. 나는 그 분위기에서 살았다. 할아버지가 강조한 어른은 권근(權近) 할아버지와 6대손인 권율 장군이었다. 권근 할아버지는 시조 후 16대이고 나는 36대다. 권근 할아버지는 19대조 할아버지가 된다.

권근 할아버지는 1352년에 나서 1409년 돌아가셨다. 묘는 음성군 생극면 방축리에 있다. 초명은 권진(權晉)이고 자는 가원(可遠) 또는 사숙(思叔)이다. 고려말 조선 초 학자이자 문신이다. 공민왕(恭愍王) 때 18세로 과거에 급제하였다. 공민왕이 어떻게 저런 아이가 과거에 합격할 수 있느냐 하고 힐책했을 때 동지공거(同知貢擧) 이색(李穡)이 대답하여 아뢰기를, "장차 크게 쓰일 것이니 어리다고 할 수 없습니다."라고 했다.

한산이씨의 시조인 이색의 문하였고 수제자인 정몽주에게서도 수학했다. 공민왕이 죽자 정도전, 정몽주와 함께 배원친명(拜元親明)을 주장했다. 1389년(창왕 2년) 첨서밀직사사(簽書密直司使)가 되어 윤승순과 함께 명나라 사신으로 다녀왔다. 공양왕이 즉위하자 명나라에서 가져온 글이 원인이 되어 유배되었다. 그때 창왕의 외조부인 이림(李琳)의 일파로 몰려 극형을 받았으나 이성계의 구원으로 모면했다.

고려가 망하고 조선이 개국하자 태조 이성계의 명으로 1393년 정총(鄭摠)과 함께 정릉(定陵)의 비문을 짓고 중추원사가 되었다. 1396년 명나라 태조가 자신에게 바치는 글인 찬표를 잘못 썼다 하여 그 글을 쓴 정도전을 잡아들이라 할 때 자진하여 대신 명나라에 가서 해명을 잘하여 극진한 예우를 받고 돌아왔다. 귀국한 뒤 개국원종공신(開國原從功臣)으로 화산군(花山君)에 봉군됐다.

정종과 태종 때에는 대사헌으로, 태종 이방원이 즉위하면서 좌명공신으로 길창군(吉昌君)에 봉해졌다. 그 후 찬성사, 대제학, 1407년에는 최초의 문과 중시(重試)에 독권관(獨卷官)이 되어 변계량 등 10인을 선출했다. 권근 할아버지가 지은 〈입학도설〉은 한국 최초의 그림을 넣어 학문을 설명한 책으로 후에 퇴계 이황에게 큰 영향을 미쳤다. 성리학에 조예가 깊었고 문장에 능했으며 경학과 문학의 양면을 잘 조화시킨 학자이자 문신이다.

권근 할아버지는 4분의 아들을 두셨다. 그중 4째 안숙공(安肅公) 권준(權蹲) 할아버지가 우리 직계 할아버지다. 나에게는 18대 할아버지시다. 안숙공 할아버지의 자료를 읽어보면 문충공 권근 할아버지를 부친으로 둔 가족들이 얼마나 부유하게 살았는지를 알 수 있다. 안숙공 할아버지는 임종을 앞둔 유언에서 "우리 집안이 국가로부터 많은 은혜를 받고 있으니 후손들은 과거에 나서지 말라"고 하셨다. 실제로 안숙공 할아버지의 후손들이 세거하고 있는 서천 한산지역의 조상들을 보면 과거에 응시하기보다는 중앙으로부터 불려 올라가서 행정기관에 입조한 어른들이 많이 계신 것을 볼 수 있다.

그것은 양반이기 때문일 것이다. 얼마 전 중앙선거관리위원회에서 선관위 자제들에 대한 특혜 채용 의혹으로 "현대판 음서제" 논란이 있었다. 해당 간부가 자진사퇴하고 전국 선관위에 대해 검찰수사가 진행되고 있다. 따라서 안숙공 할아버지의 유언을 따르기보다는 종전처럼 과거를 보는 것이 훨씬 바람직 한 일이 아니었을까 생각한다. 실제로 "안동권씨 추밀공파 안숙공계 한산파"에서 과거에 응시한 어른도 계셨다. 우리 고조부의 경우 과거에 응시해서 급제했으나 동점이었다. 동점일 경우 나이 어린 사람에게 우선권이 있었다고 한다. 할아버지는 그래서 낙방의 슬픔으로 오래 고생하셨다는 이야기를 집안 어른들로부터 전해 듣기도 했다. (2023.09.11)

4. 토끼 풀

어릴 때 내가 자란 집은 서향집이었다. 그래서 집에서 마주 보는 서쪽 옥녀봉 너머로 해가 넘어갈 때까지 안방에 해가 가득 들어왔다. 중풍으로 고생하셨던 할아버지는 서쪽으로 넘어가는 해를 즐겨 바라보시곤 했다.

우리 집 남쪽 옆벽에는 철사를 엮어 만든 토끼집이 있었다. 처음에는 대여섯 마리 기를 수 있는 집이었는데 나중에는 남쪽 벽 전체가 토끼집으로 변해 버렸다. 하얀 토끼를 바라보는 것은 즐거웠다. 그 많은 토끼에게 먹이를 주려면 그게 지랄이다. 이처럼 토끼집이 커진 것은 토끼가 다산성에다 임신기간이 짧은 것에 원인이 있다.

토끼는 잘 먹는 것도 제한적이고 습하면 죽기 때문에 조심해야 하는 까다로운 존재다. 토끼가 잘 먹는 것 중 하나가 고구마 순과 줄기다. 여름철 채전 밭에는 고구마 줄기가 무성하다. 그리고 곡식 찌꺼기, 고구마와 고구마 줄기를 말려서 저장해 두면 겨울에 먹이로는 안성맞춤이다.

어른들은 생초(生草)[3]를 많이 주어야 새끼도 많이 낳고 젖을 주는데도 부담스럽지 않다고 강조하셨다. 마치 토끼 엄마나 되는 것처럼 설명하신다. 그런데 우리 집 토끼들의 먹이를 제공하는 책임이 할머니의 손자들에게 떨어졌다.

어릴 때 친구들과 놀고 있는데 어른들이 "토끼풀 베어 와야지"하면 그 소리가 그렇게 듣기가 싫었다. 그래서 못들은 척 하기도 하고 숙제해야 한다며 핑계를 대고 어물쩍 넘어가기도 하지만 그것도 하루 이틀이지 매번 변명으로 일관할 수만은 없는 일이다. 어쩔 수 없이 망태기(구럭)를 메고 개울가나 논둑에서 토끼풀을 벤다. 하지만 마음은 놀고 있는 친구들 속에 가 있다.

망태기를 메고 들판에 나가면 봄에는 버들가지를 꺾어 피리를 만들어 불기도 하고 행운의 네잎클로버를 찾아서 반지나 팔찌 또는 목걸이를 만들기도 했다. 누구나 마찬가지겠지만 어린 시절 놀이에 몰입하다가 밤이 이슥해지면 집으로 향하는 일들이 많았던 것 같다. 집에 들어가서는 이제까지 뭐했냐는 물음에 핑계를 대충 댄다. 밥은 먹는 둥 마는 둥 하고 곧바로 잠드는 생활, 그래서 그 시절에는 부담도 없고 그런 지겨운 세월이 계속될 것만 같은 착각 속에서 사는 것 아닌가 생각한다. 아무튼 그 시절 나는 토끼풀 베는 것만 아니면 얼마나 좋을까? 들에서 일하는 것만 아니면 얼마나 좋을까? 하는 생각을 했지만 벗어날 수 있는 뾰족한 대안은 없었다.

나중에는 고구마 순을 잘라서 토끼먹이로 주었다. 집 옆에는 1천여평

---

3 마르지 않은 싱싱한 풀

이 되는 채전밭이 있었다. 채전 밭에는 김장용 배추와 무, 졸(정구지, 부추) 가지, 오이, 상추 등 집에서 손쉽게 먹을 수 있는 채소들을 가꿨다. 그 옆에는 충청도에서만 볼 수 있는지 모르지만 모시 풀밭이 있었다. 모시 풀을 재료로 해서 한산모시를 했다. 모시 풀밭이 100여평 됐다. 아버지가 그 모시풀밭을 정성스럽게 가꾸셨다. 우리 시골에서 현금화할 수 있는 유일무이한 것이 한산모시였다. 그 한산모시를 만드는 원재료가 모시풀이다. 여자가 많은 집일수록 모시로 해서 수입을 많이 냈다. 사랑채가 있는 집마다 여인네들이 모여서 무릎을 드러내고 모시들을 삼았다. 장관이었다.

모시밭 옆에는 비슷한 넓이로 고구마를 심었다. 그 고구마 순을 베어서 토끼에게 줬다. 토끼는 비나 이슬 맞은 풀을 먹으면 죽는다고 어른들이 하셨다. 그래서 항상 해가 석양으로 넘어가기 전에 고구마 줄기를 뜯어 놓아야만 아침에 먹이를 줄 수 있다. 하루는 그 일을 동생들과 미루다 준비하지 못했다. 아침에 새벽기도 다녀오신 할머니가 토끼 먹이도 안주고 너만 밥을 먹냐며 난리 셨다. 사정을 설명해도 받아들여지지 않았다.

아침 밥을 먹고 준비해 놓고 학교 가겠다고 해 놓고 서는 속으로는 학교로 가버리면 되겠지 하고 생각했다. 계획대로 밥을 먹자마자 쌓아둔 가방을 메고 학교로 가버렸다. 9시부터 수업이 시작됐다. 3시간째 수업 시간이 시작됐는데 누군가 교실 문을 두드렸다. 선생님이 교실 밖으로 나가셔서 10여분 지났다. 그리고 선생님이 들어오셨다. 교실 안으로 들어오시자마자 선생님은 "권주만 집에 가서 토끼풀 뜯어 놓고 다시 와" 하셨다. 교실 밖으로 나와서 보니 할머니가 와계셨다. 참으로 창피하고 약속하기도 하고 머리속이 복잡하게 돌아갔다. 끔적[4]없이 집으로 와서 토끼풀을 뜯어 놓고 학교로 왔다.

나는 불만이 컸다. 대충 넘어갈 일이지 학교까지 와서 친구들에게 창피하게 불러낸 것도 그런데 토끼풀을 뜯으라니. 참 한심했다. 참으로 기가 막힐 일이었다. 그런데 할머니는 당당하셨다. 할머니는 학교 모든 선생님을 다 아시는 것처럼 보였고 당당하셨다. 할머니는 선생님들을 모두 아셨다. 선생님 중에는 고모도 있었다. 그래서 그런가. 할머니는 집에 무슨 일 있으면 학교 선생님을 찾아가셨다. 지금 생각해 보면 선생님들은 우리 집 카운슬러였다.

그때 선생님들과 요즘 선생님들이 왜 그렇게 차이가 나는지 모르겠다. 존경심을 반납시킨 선생님들, 천양지차(天壤之差)라는 단어가 생각난다. 머리에 붉은 두건 두른 선생님, 구호를 외치는 선생님, 자신들의 목적을 달성하기 위해 수단과 방법을 가리지 않고 상대를 괴롭히는 선생님, 국가의 발전은 선생님들의 올바른 행동에서 비롯된다고 생각한다.

우리 집에서는 토끼풀 사건 이후 명령에 살고 명령에 죽는다는 군대의 구호가 있듯이 약속은 반드시 지키는 것이 하나의 규율이 됐다. 할머니는 아마도 손자들을 훈련시키기 위해 학교까지 찾아오신 것 같다. 버르장머리를 고치려고 그런 기회를 잡으신듯하다. 나는 궁금했다. 할머니와 선생님이 나눈 대화의 내용이... 할머니도 선생님도 아무 말씀을 안 하셨다. 두 분이 모두 돌아가셨으니 궁금함으로 묻혀버렸다. 그 일로 인해 약속은 반드시 지키는 교훈을 남겼으니 토끼풀 교훈인 셈이다.

---

4 큰 눈이 슬쩍 감겼다 뜨이는 모양

5. 주만아! 주만아!

군 생활에서 가장 기대하는 것이 휴가다. 그것도 첫 휴가다. 나도 첫 휴가를 손꼽아 기다렸다. 첫 휴가는 1979년 12월 25일이 포함된 15일간의 휴가를 맞았다. 집에 와보니 아버지가 시무하던 성주장로교회는 부흥회 중이었다. 25일 성탄절에는 세례식도 준비하고 있었다. 나는 그때까지 세례를 받지 않았다. 아버지는 기다렸다는 듯이 "주만아! 너 이번에 세례받으라"고 하셨다. 거절할 수 없는 상황이었다. 나는 버틸 수 없어 세례를 받았다.

아버지 계시는 성주장로교회 사택은 교회 옆으로 4칸이 이어져 있었다. 첫째 칸은 부모님이, 두 번째 칸에는 남동생들과 할머니, 셋째 칸은 여동생들이 사용했고, 나머지는 창고로 사용했다. 밤이면 북한 방송이 들리는 전방 조용한 곳에서 생활한 나는 잠결에 나는 소리에 민감했다. 잠결에 종소리와 새벽예배 드리는 찬송가 소리에 깨어나곤 했다. 하루는 잠결에 가느다란 소리로 "주만아!, 주만아!" 안타까운 소리가 들렸다. 나는 잠결이라 생각지도 못했는데 할머니의 간절한 목소리였다.

나는 오랜만에 집에 왔으니 새벽예배 가자고 하시는 줄 알았다. 그런데 잠시 뒤에 등짝이 따듯해졌다. 연탄아궁이라서 항상 따뜻한 방이었다. 그런데 새벽 방바닥이 유난히 더 따듯했다. 벌떡 일어났더니 할머니가 요강 위에 앉아 계셨다. 시간이 늦은 것이다. 당신 스스로 일어설 수 없으니 나를 부른 것이다. 할머니가 물끄러미 나를 바라보셨다. 할머니가 소변 실수하신 것이다. 내가 "할머니 죄송해요" 하고 나니 슬펐다. 할아버지도 방안에서 대소변 받아냈는데 할머니까지 이렇게 생각하니 너무나 슬펐다.

나는 15일 동안의 휴가를 마치고 입대를 위해 서울로 상경했다. 나는 할머니께 제대할 때까지 건강하시라고 했다. 할머니도 그러하시겠다고 약속하고 귀대했다. 하지만 할머니는 1980년 6월 22일(음력 5월 9일) 소천하셨다. 나는 할머니 영결식에 참석할 수 없었다. 나는 당시 군부대에서 ATT라는 훈련 중이었다. 훈련을 마친 뒤에도 할머니가 돌아가셨다는 사실을 알려주지 않았다. 나는 전혀 몰랐다. 탄약고 보초를 서는데 행정병이 초소로 왔다. 할머니 돌아가셨다는 사실을 알려줬다. 돌아가신 뒤 10일이 지난 뒤였다. 전방에서는 16소총에 실탄을 장전하고 반자동인 상태에서 보초를 선다. 나는 할머니가 돌아가셨다는 말을 듣자마자 행정반으로 튀었다. 그때 행정병은 나보다 상급자였다. 나를 잡지 않았다면 포대장과 인사계 등은 저세상 사람이 되었을 것이다. 나는 그런 자들과 한 하늘 아래서 살 수 없었다.

나중에 아버지는 할머니 돌아가셨는데 장손인 너는 왜 오지 안 했냐고 꾸짖으셨다. 아버지는 부대에 할머니가 소천하셨다는 관보를 17번 보냈다고 하셨다. 그럼에도 부대는 나에게 할머니 소천 소식을 알려주지 않았다. 포대장은 당시 대위 승진을 앞두고 있었다. 그래서 ATT훈련에서 좋은 평가를 받아야 했다. 그래도 이것은 아닌 것 아닌가? 왜 자식들이 군에 가는데....

대학을 졸업하고 기자가 돼서 국방부 출입기자였을 때 어떻게 알았는지 우리 포대장 측근이 전화해 왔다. 포대장이 계급정년에 걸렸는데 도와 달라고 했다. 나는 도울 수 없었다. 어딘가서 잘 살고 있을 것이다. 군대를 왜 가는지 잘 알아야 한다.

6. 다시, 주만아! 주만아!

나는 기자 생활하면서 국방부를 89년 12월부터 2년 6개월 동안 체신부(지금의 정보통신부)와 함께 출입했다. 그때 나는 광명시 철산동 3단지 13평 아파트에서 살았다. 처음으로 내 이름으로 산 아파트였다. 작은 평수의 아파트지만 우리 4식구가 사는데 부족함이 없었다. 광명시 도덕산 밑에 있는 아파트여서 여름에 시원했다. 단지에서 나가면 118번 버스 종점이 있었다. 서울로 나가는 유일한 통로였다. 그때쯤 종로 5가에 있던 CBS 기독교방송이 목동으로 이사했다. 광명에서 회사까지의 거리가 절반으로 좁혀졌다.

90년 6월쯤으로 기억한다. 그날은 토요일이었다. 집에 돌아오니 아무도 없었다. 집사람은 순형이와 순결이를 데리고 교회(성문밖교회)에 간 모양이다. 그때 우리 가족은 영등포구 당산동에 있는 영등포도시산업선교회 즉 성문밖교회를 다녔다.

갈증이 있어 물을 찾았으나 주전자에는 보리차가 없었다. 주전자에 볶은 보리를 넣고 가스레인지에 올려놓았다. 그리고 깜빡 잠이 들었다.

얼마나 지났는지 모르겠지만 "주만아! 빨리 일어나, 주만아! 빨리 일어나"하는 목소리가 들렸다. 군 생활할 때 휴가와서 잠결에 들었던 할머니의 목소리였다. 정말 숨이 멈출 정도로 놀라서 일어났다. 왜냐하면 가스레인지에 주전자를 올려놓은 사실을 알았기 때문이다.

집안은 검은 그을음으로 자욱했다. 가스레인지를 보니 가스레인지 자체가 모두 불에 탔다. 주전자의 물은 모두 증발되고 없었고 손잡이에 붙은 프라스틱은 녹아버렸다. 문제는 가스 호스에 불이 붙어서 타들어 가고 있었다. 밖에서 들어오는 밸브를 잠갔다. 그리고 넋이 빠져 바닥에 주저앉았다.

정신을 차리고 방안 천정에 가득한 그을음을 닦아냈다. 쉬운 일은 아니었다. 결국 도배를 해야만 했다. 할머니는 이렇게 항상 나를 지켜보고 계신다고 생각한다. 지금도 앞으로도 지속적으로 기도하며 지켜보고 계실 것이다.

7. "우리 장손 평생 일을 해야겠다."

70년대 초 고등학교 시절이다. 할머니와 어디를 다녀오는 길이었다. 할머니는 시골집과 서울의 작은집, 그리고 막내 고모 댁을 오가며 생활하셨다. 갑자기 손금을 보자고 하셨다. 할머니는 손금을 보고서는 "우리 장손 평생을 일과 함께 살아야겠다." 고 하셨다. 그때 나는 아무 말도 하지 않았다. 의아하게만 생각했다. 할머니는 철저한 기독교인이었다. 그런데 손금을 읽는 방법을 알고 있었나 하는 점과 손금에 나타난 사실을 믿고 있었나 하는 점이다. 나는 별다른 반응이 없이 지났다.

최근 들어 아내한테 이런 이야기를 했다. 아내는 "아 참으로 선견지명이 밝으신 할머니시네" 했다. 선견지명이 있으셨나? 나는 알 수가 없다. 단지 내가 70세가 되도록 일하고 있다는 것이다. 남에게 고용돼서 일하는 것이 아니라 자기 사업을 한다는 것이다. 가끔 내가 일하고 있는 것이 할머니의 예언? 그 손금 예언 때문인가 하는 생각도 든다.

또한 손금에 평생 일한다는 표시나 그런 것이 정말 있는 것일까? 아니면 대충 찍은 것일까? 그것도 아니라면 그동안의 경험 결과일까? 그렇다면 내가 보기에는 할머니는 철저한 기독교인이라는 점이다. 이런 사실을 바탕으로 해서 생각해 보면 미신적인 것을 절대 입에 올린 적이 없는 할머니의 미신에 가까운 추측이 아닌 확신은 어디서 온 것일까? 손금을 보면서 기도하고 하나님으로부터 받은 영성에 의한 신명일까? 등등으로 추정은 하지만 정확한 것이라는 생각은 하지 않는다.

확실한 것은 시방 내가 일하고 있다는 것이다. 작지만 사업체를 운영하고 있다는 사실은 정확하고 할머니의 예언이 확정적으로 적중했기에 그 근거가 어디서 왔는지가 궁금한 것이다. 하늘에서 내렸나? 땅에서 솟았나? 그것이 궁금하다. 할머니는 벌써 1980년 6월에 하늘나라로 가셨다. 내가 하늘나라에 가서 할머니를 만나 이 사실을 확인하면 이 글을 기록할 수 없다.

내가 일하는 것은 많은 사람들에게 안정과 기쁨과 희망과 위로를 제공하고 있다. 우선은 우리 가정의 안정이라고 할 수 있다. 내가 정년퇴직 후 집에 남아 방바닥을 지고 하늘이 높다 노래한들 누가 알아주겠는가? 서슬이 퍼런 사랑스런 아내의 칼 같은 눈길을 어찌 피할 수 있겠는가? 아마도 그 눈길의 열에 녹아 흘러내린 촛대 모양 삶이 우둘투둘하지 않았을까? 그런 기우를 넘어서 안정적으로 일터를 관리하고 간직할 수 있다는 점은 바로 할머니의 돌보심이라고 생각한다. 결자해지라고나 할까? 할머니의 선견지명과 그 뜻에 충실하게 따른 손자에 대한 오매불망(寤寐不忘) 뜻의 이룸이다. 그로인해 가정이 안정을 이룬 것이다. 그것이 할머니의 평생을 일해야 한다는 현대사회에 딱 적용되는 뜻이라는 생각이다.

또한 가정의 기쁨이다. 가정에 갈등이 없으니 얼마나 안정적이고 기쁠까? 일함으로 인한 재정의 안정은 더욱 가족 간의 갈등을 없애는 힘의

원천이기도 하다. 일한다는 것은 다소 바쁘지만 일함으로 인해서 충돌을 피할 수 있다. 아무리 사랑한다는 사이에도 접하면 접할수록 단점이 드러나고 충돌을 피할 수 없다. 그리고 다른 상황에서 만난 사람이나 접한 환경 등과 비교하게 된다. 이런 것을 가능하면 피할 수있고 있더라고 충돌을 최소화할 수 있다. 가정에 갈등이 없으면 최소 이상의 기쁨이 있기 마련이다. 기쁨이 365일 계속되는 경우가 있을까? 안정된 가정은 그렇지 않은 가정보다 더 많은 기쁨의 요인들을 간직할 수 있다.

희망을 간직할 수 있다. 누군가에게 성공적인 모습을 보여줌으로 인해서 기대와 함께 자신도 할 수 있다는 희망을 보여줄 수 있다는 것이다. 우리 사회에서 누군가 불특정 다수에게 모범적인 모습을 보여 준다는 것은 중요하다. 우리사회가 모범적인 사람이 없어서 불행 한 것은 아니다. 모범적인 사람은 많다. 하지만 그 결말이 좋지 않았다. 그러기에 누구에게나 권장할 만한 모범적인 모습을 보기에는 좀처럼 부족하지 않았나 생각한다.

주변에 고생하고 난 뒤에 모범적인 모습을 보여주는 사람보다는 갑자기 일확천금을 모은 사람들이 오히려 귀감이 되는 사람으로 추앙되는 것을 본다. 아무리 물질만능의 사회이기는 하지만 그런 모습을 메스컴 등에서 경쟁적으로 다루는 것은 사회적인 안정보다는 젊은이들의 혼란만을 자극할 것은 자명하다. 경쟁사회에서 좋은 아이디어로 성공하는 모습보다는 주식이나 가상자산 등으로 일확천금한 이들이 언론지상을 장식하고 있다.

특히 국민의 대표기관으로 투표를 통해 선출된 국회의원마저도 국회 회의장에서 회의 중에 가상자산 투자에 열중인 모습이 카메라에 잡히는 모습까지 보여주는 한심하기 그지없는 장면까지 등장한 것이다. 그러면서도 그들은 뻔뻔하다. 참으로 참혹하다. 그런 자들은 국회의원이란 국민의 대의기관을 자신의 자산 확장에 이용하지 말고 국회를 떠나 자신만의 일을 하는 것이 마땅할 것으로 생각한다. 그런데도 그들은 자신의 잘못을 변명으로 일관하고 떳떳하다. 목을 곧게 세우고 자신을 선출해 준 국민들 앞에 뻔뻔하게도 선다. 참으로 어처구니없는 노릇이다. 좀 생산적인 모습을 보여줄 생각은 없고 오직 자신의 배를 채우는 데만 열중이다. 안타까운 노릇이다. 쉽게 모은 물질은 또 쉽게 떠나는 법이다. 이는 진리 중 진리다.

위로를 받을 수 있다. 한 사람의 삶이 안정적이라는 것은 주변의 여러 사람에게 선한 영향력을 끼친다. 메스컴을 장식하고 있는 인물들은 대부분 그런 사람들이다. 그렇게 영향을 끼친 사람들에게서 문제가 발생하면 메스컴은 또다시 들썩인다. 위로를 받았던 인물에게서 드러나는 실망감일 것이다. 사람은 그래서 스스로 위로받기보다는 주변으로부터, 타인으로부터 위로받기를 원한다. 대표적인 대상은 연예인이다. 그래서 팬클럽이 생기고 행사마다 지치는 줄 모르고 찾아다닌다. 그러다가 자신의 로망이 실수라도 하면 방어도 해 주지만 실망해 떠나기도 한다. 이런 예는 언론이라는 시스템을 통한 위로지만 가정은 좀 다르다.

위로는 기대와도 통한다. 평생을 일하는 모습은 자녀들에게 모범적인 모습으로 남겨지기도 한다. 경제적인 풍요도 있겠지만 정신적인 위로와 기대는 무엇보다 크다고 생각한다. 문제가 생기면 찾아가 순간순간 생길 수 있는 문제들에 대한 상담을 받을 수 있고 해결점에 가까운 조언도 기대할 수 있다. 이런 점에서 세대와 세대를 연결하는 어느 지점에서의 안

전한 일자리를 가지고 있는 어른, 사람이 있다는 것은 좋을 것이다.

가끔 인터뷰를 보면 인터뷰이들이 참 막막할 때 주변에 찾아갈 수 있는 사람이 없어 절망적이었다고 말하는 것을 볼 수 있다. 그때 그런 고민을 풀어줄 누군가가 찾아와서 자신의 이야기를 들어 준 것만으로도 큰 위로와 힘이 되었다는 글을 읽는다. 나 자신도 그럴 때마다 할머니를 통해서 힘과 지혜를 얻었다. 아마도 할머니는 이런 점을 고려해 힘을 키워주기 위해서 조금은 할머니와 거리가 먼 손금을 보는 방식으로 손자에게 미래를 예견해 주지 않았을까 생각한다.

올해 70이란 나이대에 들어와서 보니 어린 시절에는 너무나 멀어 보였는데 이제 승선해 자신이 그 위치에 있음을 새삼 느낀다. 우리는 그렇게 내가 굳이 찾으려 하지 않아도 건강만 유지하면 자연스럽게 현장에 도착하는 것이 나이라고 생각한다. 70 나이는 할머니가 거쳐 간 나이이기도 하다. 72세에 소천하셨으니 할머니의 기분은 어떠하셨을까? 때로는 궁금하다. 오늘도 할머니는 손자들을 지켜보고 계실 것이다. 그리고 평생 그러셨듯이 손자들을 그리고 자손들을 위해 기도하고 계실 것이다. 할머니, 첨이지만 사랑했었고 할머니가 그러셨듯이 시방도 많이 사랑합니다. (2024.12.03.)

8. 하나님은 항상 나와 동행하신다

할아버지가 돌아가시던 해 여름, 우리 집에 품앗이[5]하는 날 이었다. 그 당시에는 논에서 일하다 집에서 가까운 논에서 일을 할 경우에는 집에 와서 식사했다. 논이 멀면 식사를 논으로 내갔다. 그날은 집에서 점심을 했다. 식사를 마치면 동네 아저씨들은 채전 밭 가장자리에 있는 감나무 밑에서 잠시 낮잠을 잤다. 그날도 그랬다.

나는 동네 아저씨들 사이에 끼어서 잠을 자고 있어났을 때는 동네 아저씨들은 일하러 가고 나만 있었다. 나는 감나무 밑에서 일어나서 집으로 들어와 할아버지가 누워계시던 자리로 들어와서 다시 잠을 잤다. 할머니가 새벽예배 나가시기 전에 부르는 찬송가 소리에 잠에서 깼다. 소변이 마려워서 치깐[6]에 가려고 일어서려는데 오른쪽 다리가 아파서 쓰러졌다.

---

5 농촌지역에서 힘든 일을 서로 거들어 주면서 품을 지고 갚고 하는 일. 일을 하는 '품'과 교환한다는 뜻의 '앗이'가 결합된 말이다.

6 변소, 화장실

오른쪽 다리가 펴지지 않았다. 병명은 몰랐다. 소아마비였을까? 아니면 일시적 마비였을까? 지금도 궁금하다. 아무튼 나는 다리를 절면서 한동안 고생했다. 그러면서 우리 집안은 불안 속에 빠져들고 말았다. 어떻게 고칠 것인가 하는 문제였다. 뾰족하게 치료할 방안이 없었기 때문이다. 더욱 큰 것은 치료 방법을 놓고 할머니와 아버지 사이에 끊임없는 갈등 때문이었다.

아버지는 안동 본가의 유능한 침을 놓는 사람을 소개받고는 그 사람을 찾아가자고 했다. 할머니는 달랐다. 할머니는 생명의 주인은 하나님인데 교회에 가서 기도를 받으면 낳을 수 있다고 했다. 그래서 갈등은 그치지 않았다. 그러던 어느 날이었다. 답답해하던 아버지가 아침 식사하는 자리에서였다.

"주만이 너는 병원으로 갈래" 아니면 "할머니 따라서 교회에 가서 기도를 받을래" 선택하라는 것이었다. 내가 아버지와 할머니의 치료 방법 중 선택해야 하는 것이었다. 어쩌면 치료에 대한 책임을 내가져야 하는 것 아닌가? 하는 생각도 들었다. 난 항상 이런 생각을 했다. 아버지는 무서웠고 할머니는 항상 내 편이었다. 그날도 그래서 나는 할머니를 선택했다.

나는 아버지한테 "할머니 따라가겠습니다." 했다. 그 순간 집안이 조용해졌다. 아버지는 "그래 내일 새벽부터 할머니하고 새벽예배 참석해라." 하셨다. 그때부터 고생한 사람이 있다. 나하고 10살 차이 나는 막내 고모였다. 막내 고모는 그날부터 덩치 큰 장조카를 업고 교회까지 1.5km를 갔다. 지금 생각해 보면 힘이 드는 일이었을 것이다. 고모가 고마웠다.

홍연교회 새벽예배는 윤석주 목사님의 부친인 윤홍종 장로님이 인도하셨다. 윤석주 목사님은 부흥강사다. 목사님이 교회에 안 계실 때가 많았다. 목사님은 주일 대예배를 마치면 오후에 부흥 예배를 인도하기 위해 출타하셨다. 윤 장로님은 목사님의 빈자리를 채워 오셨다. 나는 윤 장로님으로부터 안수기도를 받았다.

새벽예배를 마친 윤 장로님은 나를 강대상 앞으로 불렀다. "주만이, 앞으로 나와라!" 하셨다. 나는 기다시피 해서 강대상 앞으로 나갔다. 장로님이 이어서 말씀하셨다. "너 다리 나으면 어떻게 할래"하고 물으셨다. 나는 생각할 겨를도 없이 이렇게 말했다. "제 몸을 교회에 바치겠습니다" 지금 생각하면 무서운 말이다. 나는 서원을 한 것이다. 이 말은 나와 할머니와 아버지 사이에 걸린 하나의 족쇄가 됐다. 그래서 할머니와 아버지는 "너는 반드시 목회해야만 한다."고 하는 근거가 됐다.

이 말을 마치자마자 장로님은 더 이상 묻지 않으셨다. 그리고 교인들을 향하여 내가 한 말을 반복하셨다. "주만이가 다리가 나으면 자신을 교회에 바치기로 약속했습니다" 했다. 함께있던 할머니를 비롯해 20여명의 권사님들은 "아멘"하고 받으셨다. 서원이 공개됐다. 내가 잊었던 서원은 때마다 나를 옥죄어 왔다. 성경에는 지키지 못할 서원은 하지 않는 것이 낫다(전도서 5장 5절)고 했다.

나는 그 서원식에 대해서 생각할 때가 많았다. 내가 교회에 자신을 바칠 자세가 되어 있는가? 지금 바치고 있는 것인가? 바치고 있는 것으로 착각하고 있는 것은 아닌가? 아마도 나는 변명하고 있고 착각하고 있는 것일 것이다.

윤 장로님의 기도는 계속됐다. 얼마 전까지 함께 놀던 친구들은 다리가 마비되자 바보라며 나를 외면했다. 놀림거리가 되어버린 내가 원망스러웠다. 그럴 때마다 나는 기도에 집중할 수밖에 없었다. 장로님의 기도가 지속되면서 다리도 점점 풀려가기 시작했다. 장로님은 매번 기도를 마치면 걸어보라고 하셨다. 시간이 계속되면서 걸어가는 거리가 점점 길어진다는 데 기뻐하셨다.

당시 초가지붕으로 덮힌 홍연교회는 동네에서 가장 큰 건물이었다. 교회 안은 기둥이 양쪽 두 줄로 나란히 강대상에서부터 뒤로 네, 다섯 개가 설치되어 있었다. 나는 기도를 마치면 첫 기둥에서 다음 기둥으로 지팡이 없이 걸어가는 것이다. 처음에는 한 칸을 갈 수 없었다. 점차 길어져서 돌아오는 데까지 6개월 정도 걸린 것 같다.

6개월 정도 되는 11월 어느 날이었다. 기도를 마치고 예배당을 한 바퀴 돌았다. 그리고 교회 밖으로 나왔다. 밖에는 된서리가 눈이 온 것처럼 하얗게 내렸다. 나는 맨발로 된서리가 내린 들판을 뛰었다. 그리고 외쳤다. "하나님은 항상 나와 동행하신다." 내가 10살 때다. 세상은 모두 나의 것이었다. 누가 그 기분을 알 것인가? 나는 요즘도 힘이 들 때면 그때를 떠올리곤 한다. "하나님은 항상 나와 동행하신다."

9. 서원(誓願)의 엄격함

나는 음력으로 1956년 08년 17일생이다. 양력으로는 찾아보니 09월 22일이다. 2025년이면 우리 나이로 70세가 된다. 적은 나이는 아니다. 아버지, 할아버지도 70에 들지 못하고 수(壽)를 다하셨다. 그 때문인지 나도 그렇지만 가족들의 관심도 큰 것 같다. 할아버지는 내가 10살되던 해 정월 초하룻날 소천(召天)하셨다. 나는 어려서 할아버지 돌아가시면 우리 가정이 사라지는 줄 알았다. 그런데 할머니도 계셨고 아버지가 할아버지의 역할을 감당하셨다.

아버지 소천(召天)하셨을 때는 달랐다. 아버지는 52세에 하늘나라로 가셨다. 내가 32살이었다. 나와 아버지는 20년 차이다. 그나마 다행인 것은 장남인 나의 결혼식을 아버지가 보셨다는 것이었다. 손자, 손자 하셨는데 큰 손자가 태어나기 1달 보름 전에 하늘나라로 가셨다.

아버지 돌아가신 뒤에 3형제가 기가 빠져 보였나 보다. 어머니는 우리를 볼 때마다 걱정하지 마라! 너희들은 오래 살 것이며 기운 내라고 격려하셨다. 어머니 보시기에도 자식들이 안쓰러워 보였나 보다. 그 뒤 17

년이 지났다. 요즘은 반대다. 나는 언제 어디서나 죽어도 여한이 없다. 자주 되뇌는 말이다. 그러면서 미적거리는 것이 있다. 한 가지 해결하지 못하고 묻어둔 것이 있다.

어릴 때 그러니까 10대 때 나는 서원(誓願)한 적이 있다. 서원은 하나님을 향한 그러니까 하나님께 한 나의 약속이다. 하나님을 향한 맹세다. 10살 때 나는 소아마비인지 알 수 없지만 갑자기 오른쪽 다리를 사용하지 못한 적이 있다. 병원에 간 적은 없다. 할머니의 뜻으로 교회 장로님으로부터 기도를 받았다. 그때 장로님과 할머니 친구 권사님들 앞에서 나는 서원(誓願)했다. 나는 그 후 까마득하니 잊었다. 사람은 곤란한 상황에서 벗어나면 그 상황에서 있었던 것들을 잊는다고 생각한다. 나의 경우에만 그럴까? 나는 대부분 그럴 것이라고 생각한다.

아버지는 가끔 내가 성직자가 되어야 한다는 점을 강조하셨다. 이유는 구체적으로 설명하지 않았다. 나는 그 서원 때문이라고 생각한다. 그런데 그 자리에는 아버지가 계시지 않았다. 앞에서도 언급했지만 교회에서 기도를 받겠다는 것은 나의 선택이었다. 물론 선택하는 그 자리에는 아버지가 계셨으나 기도 받는 자리에는 아버지는 계시지 않았다. 아버지는 윤홍종 장로님으로부터 기도를 받는 자리에 한 번도 참석한 일이 없었던 것으로 기억한다. 할머니나 장로님으로부터 나의 문제를 들었을 것이다. 나는 그것은 모르겠다. 아버지는 내 불편한 몸의 문제가 해결된 것은 확인하셨다. 그 경위는 모르겠지만 서원이라는 그 약속만은 지켜야 한다고 생각하셨다.

아버지와 내가 있는 자리에는 항상 그 목회자의 문제가 거론됐다. 1974년 예비고사 때도 그랬다. 일반대학은 안 되는데 신학교는 허락한다고 하셨다. 나는 그렇게 아버지로부터 일반대학은 가지마라는 불허와 함께 신학대학은 가라는 허락을 받았다. 그러니까 대학을 졸업한 현재로서는 아버지에 대한 불충이었고 신학대학원을 마친 것은 허락받은 과제를 비로소 완수한 것이다. 그런데 거기서 한발 더 나아가서 성직의 문제는 다른 문제 아닐까? 내가 서원할 때 나는 장로님 앞에서 "몸이 나으면 하나님께 내 몸을 바치겠다."고 했다. 목회자가 되겠다고는 하지 않았다. 나는 장로로서 평생을 바치고 있는 것이다.

아마 이렇게 대들고 나면 아버지가 불편해하지 않았을까? 모를 일이다. 바치는 것이 꼭 생명이어야 하고, 성직자의 길이었나? 나는 아버지로부터 허락받은 학교는 마쳤다. 하지만 아버지께서 원하셨던 성직의 문제는 결국 70이 될 때까지 완성하지 못했다. 다소 다르기는 하지만 진일보한 면은 있다. 신학대학을 가야만 한다는 의지가 작동된 것이다. 아버지의 의도와는 좀 다르지만 나는 대전CBS본부장 시절 대전에 있는 침례신학대학교 신학대학원을 마쳤다. 이제 안수만 받으면 서원의 한 부분을 완성하게 된다.

신학을 함께한 동기들이 목사안수 받는다는 소식이 가끔 온다. 공부를 같이한 사람들이나 대전지역 침례교 목사님들이 왜 목사안수를 안 받느냐고 묻는다, 안수를 받으면 부임할 교회는 많다고 한다. 나는 침례교가 아닌 한국기독교장로회 소속 교단의 장로다. 장로 정년이 70세지만 그 근거는 행정자료에 따라 호적상 나이로 따라야 한다고 한다. 그럼 나는 현제 67세가 된다. 2027년이 정년이다. 나는 장로도 이제는 내려놓고 싶다.

성경은 강조한다. 서원은 꼭 지켜야 한다고 또 지키지 못할 서원은 아예 하지 말라고 경고한다. "또 옛사람에게 말한바 헛맹세를 하지 말고,

네 맹세한 것을 주께 지키라 하였다는 것을 너희가 들었으나, 나는 너희에게 이르노니 도무지 맹세하지 말지니 하늘로도 말라. 이는 하나님의 보좌임이요 땅으로도 하지 말라 (마5:33,34)."라고 하셨다. 또한 "하나님은 여호와께 서원하였거나 결심하고 서약하였으면 깨트리지 말고 그가 입으로 말한 대로 다 이행하라(민30:2)"고 하셨다. 거역하지 말라는 것이다.

"형식적인 서원이나 맹세는 하지 말라(마5:33-37)"고 했다. "내가 서원을 이행하지 않으면 결국 형식적인 서원이 되고 만다. 서원한 것을 갚기를 더디하지 말라 하나님은 반드시 그것을 물으신다(신23:21)"고 했다. 그래서 나는 서원한 것을 어떠한 형식으로든 완료하려고 한다. 서원을 이행하지 않는 것은 하나님을 능멸하는 행위다. 사사 입다는 무모하게 서원한 사람이다. 입다는 암몬 족속을 상대로 전쟁할 때 승리를 허락하면 자신의 집으로 돌아올 때 자기를 가장 먼저 영접한 사람을 하나님께 번제로 드리겠다고 서원했다. 입다는 전쟁에서 승리했고 집으로 돌아오자 외동딸이 가장 먼저 나와 영접했다. 이때 입다는 땅을 치며 통곡했다. 하지만 "입다는 내가 여호와를 향하여 입을 열었으니 능히 돌이키지 못하리라(삿11:30, 31:35). 입다는 외동딸을 하나님께 번제로 드렸다.

나는 궁금했다. 입다가 전쟁을 승리하고 돌아올 때 자신을 처음으로 맞아주기를 원했던 사람은 누구였을까? 그 딸이 아닌 부인이었을까? 아니면 종이었을까? 그것이 궁금하다. 결국 입다는 무모한 서원을 했다. 그리고 가슴은 아프지만 이행 함으로써 귀감은 되었다. 이행하지 못할 서원은 해서는 안 된다는 하나님의 말씀인 성서의 원칙 앞에 입다는 순종했던 것이다. 하나님은 변하지 않고 신실하신 이상 우리도 하나님 앞에서는 신실해야 하기 때문이다(2024.12.20.).

10. "오늘이 생의 마지막"

목사님들이 매일 매일의 삶이 궁금했다. 1년 365일을 새벽부터 늦은 저녁까지 교회를 지켜야 하는 것이 목회자의 삶이다. 교인들이 어려움에 처하면 현장으로 주저없이 뛰어가기도 했다. 교인들의 위로가 필요하기 때문이다. 어느 날 대전지역 목사님 몇 분께 이런 질문을 드렸다. "목회가 어렵고 지겨울 수도 있는데 어떤 자세로 임하시나요?"

나와 갑장인 목사님은 질문에 거침없이 이렇게 답했다. "오늘이 생의 마지막 날"이라 생각한다고 했다. 매일 매일을 그렇게 생각하는 자세로 목회에 임한다고 강조하셨다. 나는 이것이 궁금했다. 나는 목회라는 여정이 두려워 포기했다. 목사님은 매 일이 마지막 날이라는 각오로 목회한다는 것. 아마도 이 땅을 지키는 목회자들의 마음가짐이라고 생각한다.

목사님은 평신도인 나와는 달라도 너무나 달랐다. 목회라는 사역을 감당하는 재목(材木)은 인간 스스로 선택하는 것이 아니라 하나님이 택하여 기름 부으시는 것이다. 많이 들었던 이야기지만 확인한 것이다. 나 같은 평범한 사람은 접근하기 어려운 영역이다. 내가 목회자가 되기를 원하셨던 아버지께 하고 싶은 질문이었다.

하지만 아버지가 일찍 하늘나라로 가셨다. 아버지로부터 듣고 싶었던 답을 목사님으로부터 들었다. 공교롭게도 나에게 이렇게 답변해 준 목사님 두 분은 1년 전 거의 비슷한 시기에 소천하셨다.

아마 우리 아버지도 목사님들의 심정으로 목회하셨을 것이다. 아버지의 마음가짐을 목사님들을 통해서 간접적으로나마 알게 된 것이다. 아버지는 심방 다니실 때는 반드시 어머니를 자전거 뒤에 태우고 다니셨다. 자전거를 타고 거리의 원근을 마다하지 않고 심방 다니셨다. 거리는 50리 길, 20km를 다니셨다.

아버지의 이런 목회 생활에 똑같이 해야 한다는 것이 압박으로 작용했다. 즐거워야 하는데 겁부터 났다. 아버지가 목회하시던 지역은 충남 유일의 탄광지역인 보령시 성주면이었다. 성주에는 탄광이 많았다. 지금은 거의 모든 탄광이 폐쇄됐지만 목회하시던 70년대에는 많은 탄광이 운영되고 있었다. 폐광도 날로 증가했지만 70년대에는 비교적 많은 광산이 운영되었던 것으로 알고 있다. 당연히 종사하는 사람들을 위한 사택도 있었다. 지금도 그 사택은 남아서 주민들이 주거하고 있다.

탄광지역이어서 여름철 비가 많이 오거나 겨우내내 얼었던 땅이 녹는 봄철에는 엄청난 굉음으로 마을을 진동시키는 일이 자주 있었다. 폐광이 무너지는 소리였다. 그래서 마을 어르신들은 성주지역 산을 오르는 것을 금지했다. 혹시 폐광이 무너져 내릴지도 모르기 때문이다.

아버지가 성주장로교회(기장)에서 시무할 때만 해도 탄광 붕괴 사고가 자주 발생했다. 붕괴 사고가 나면 가장 먼저 현장에 도착하는 사람이 아버지셨다. 아버지의 역할은 광부들의 사고 뒤처리를 해 주는 것이다.

당시 탄광에서 일하는 사람 중에는 글을 쓰거나 읽지 못하는 사람이 꽤 있었다고 한다. 아버지는 그들을 위해서 경위서를 써주는 일을 하셨다고 한다. 경위서가 있어야 광부들이 정부로부터 보상을 받을 수 있다. 이렇게 지원을 받은 광부들은 주일이면 아버지가 시무하시던 성주장로교회에 나왔다고 한다. 대부분 아버지에 대한 감사한 마음으로 교회에 나왔다 교인이 된 사람들도 많았다. 성주광업소에서 일하던 직원도 아버지에 대한 궁금증으로 교회에 나오다 정착해서 장로가 된 사람도 있다. 이렇게 탄광 종사자들이 늘어 가면서 교인도 크게 증가했다. 아버지 부임 초에는 성주교회 교인이 35명 정도였다고 한다. 6,7년만에 교인이 300명에 근접했다. 엄청난 성장이었다.

성주의 광산 대부분은 2000년대 들어 폐광됐다. 지금도 광부들이 거주하던 탄광 사택은 여전히 존재하고 있다. 사택은 아직 가시지 않은 탄광의 흔적으로 간직하고 있다. 성주지역에 거주하고 있는 상당수 주민들은 탄광에서 종사한 사람들과 가족들이다.

나는 잠깐 잠깐이지만 아버지의 활동 영역을 보면서 목회할 엄두가 나지 않았다. 한번 저질러보라는 사람도 있었고 눈 감고 시작하면 열린다는 사람도 있었다. 구체적으로 계획은 우리가 하지만 일하시는 분은 하나님이라고 설명하는 목사님도 계셨다. 하지만 목회는 충동이나 우발적으로 하는 것은 아니라고 생각한다.

나는 서원의 문제를 해결하지 못했다. 아마도 해결하지 않고 삶을 마감할 수도 있다고 생각한다. 목회 즉 성직자의 길은 자연스럽게 이루어져야 한다. 목회는 구체적인 의지를 갖고 스스로에게 비전을 제시하면서 다짐에 다짐을 거듭하면서 정진해 가야 한다. 어린시절 서원했다 해서 그에 매여 목회자의 길어 들어선다는 것은 또 다른 어려움을 겪을 수 있다고 생각한다. 충동에 의한 결정은 돌이킬 수 없는 어려움에 빠질 수 있기 때문이다.

아버지-어머니와 아들

1. 갈등의 중학교 진학

또 하나의 과정에 대한 도전이 지금의 나를 이루게 했음을 부인하지 않는다. 나는 대졸 학력 즉 대학 간판이 그렇게 중요한지 몰랐다. 국민학교 6학년 때 졸업 후 중학교에 진학하지 않고 농사짓겠다고 담임선생님께 말씀을 드렸다가 집안이 발칵 뒤집힌 적이 있었다. 나도 모르는 사이에 선생님이 우리 집으로 찾아오셨다. 선생님이 우리 아버지와 어머니, 숙부와 고모들을 가르친 줄을 몰랐다. 그래서 나는 깜짝 놀랐다. 연세가 많은 할머니도 선생님을 잘 알고 계셨다.

선생님이 우리 집에 찾아오신 이유는 "집안에 무슨 일이 있길래 장손인 주만이가 중학교를 진학하지 않고 농사를 짓겠다고 하느냐?"는 것이었다. 선생님이 집에 오실 때까지 부모님은 내가 중학교 진학을 거부한 것을 모르셨다. 아버지와 어머니, 할머니도 깜짝 놀랐다. 선생님이 돌아가신 뒤에 아버지는 몽둥이를 들고 "왜 중학교를 안 간다고 했는지"를 따졌다. 나는 사실 내가 꿈꾸는 과학영농을 실험해 보고 싶었고 잘할 자신도 있었다. 그런데 아버지는 이놈하고 몽둥이를 들었다. 건방진

놈, 중요한 문제를 상의도 하지 않고 중학교 진학 문제를 자기 맘대로 결정했다면서 화를 내셨다. 아마도 중간에서 할머니가 만류하지 않았으면 화를 몽둥이로 식혔을 텐데 큰일이 벌어졌을 것이다. 그렇게 나는 중학교에 진학했다.

중학교에 진학해서도 농사 이야기가 거론됐다. 그리고 수시로 아버지는 내가 모르는 사이에 학교 교무실에 오셨다. 선생님들을 만나시고는 돌아가셨다. 나중에 안일이지만 중학교 선생님 중에는 아버지를 가르친 선생님도 계셨고 아버지와 작은아버지의 중학교 동창도 여러분이 계셨다. 거기에 할머니의 친정 먼 친척인 선생님도 계셨다. 나는 완전 포위된 기분이었다. 어쩌면 학교에서 나의 행동거지가 자연스럽게 우리집 어른들에게 알려진다는 생각을 감출 수가 없었다. 그렇다고 나 스스로 학교를 바꿀 수 조차 없다. 학교를 바꾸려면 서울이나 대전으로 가는 수밖에 없다. 이것은 무조건 가능한 일이 아니다. 가출하지 않는 한... 그런데 장점도 있지 않을까 하는 생각도 들었다. 나에 대해서 집안 어른들의 생각을 학교 선생님들을 통해서 파악할 수 있다는 긍정적인 생각도 들었다. 나는 이미 중학교 진학 문제를 두고 부모님이 그렇게 날카롭게 대응할 것이라고는 생각하지 못했다. 내가 이런 정도까지 생각은 했지만 바람직하게 활용한 것으로 판단할 수 있는 일은 한 번도 없었던 것 같다.

집에서 학교까지는 12km, 즉 30리 길이다. 그 길을 걸어서 집과 학교를 왕복했다. 나만 한 것이 아니라 같은 국민학교를 다닌 남동생들이나 같은 학교를 졸업한 국민학교 친구들은 모두 산길(신작로 길도 있었다. 그 길을 걸어가려면 비포장도로여서 차량이 지날 때마다 눈 앞을 가릴 만큼 먼지가 많아서 호흡이 어려울 정도였다. 또한 차량이 지날 때 도로에 깔아둔 자갈이 튀어서 다칠 때도 있었다. 가장 안전한 방법은 버스를 타고 가는 것인데 농촌에서 매일 교통비를 마련한다는 것은 쉬운 일이 아니었다.)을 이렇게 걸어 다녔다. 우리만 그런 것이 아니라 아버지 세대도 마찬가지였다. 그리고 5일 장이 서는 홍산 장날(5일 장이다. 2일과 7일에 열렸다. 큰 시장이었는데 지금은 장터 일부만 남아있다. 장이 서기는 하지만 옛날처럼 번창한 모습을 볼 수가 없다)이면 이렇게 걸어 다니셨다.

어느 날 아버지가 그러셨다. 너 학교 가면서 뭐하냐 하셨다. 그래서 친구들하고 이야기도 하고 장난도 치고 하면서 간다고 했다. 아버지는 그 시간을 잘 활용하라고 하시면서 숙부가 중학교 입학 기념으로 선물해 주신 얇은 영어사전을 지적했다. 그리고 등하교하면서 그것을 외우라고 하셨다. 이때쯤 아버지가 왜 이러시는지를 영어 선생님이 수업 시간에 하신 말씀을 통해서 알았다. 영어 숙제를 안 하고 학교에 간 일이 있었다. 영어 시간은 숙제를 안 해 가면 매타작을 한 뒤에 시작했다. 나도 숙제를 안 해간 때가 있었다. 그날따라 선생님의 목소리가 신이 난듯했다. 무슨 일이 있어 저렇게 기분이 좋을까? 궁금했다. 내 순서가 왔다. 선생님은 대놓고 "너 이놈 너 아버지가 우리 주만이가 숙제를 안 하고 오면 10대를 더 혼을 내라."고 하셨단다. 그 말씀을 듯는 순간 앞으로 영어 시간은 참으로 고난의 과정이겠구나 하는 생각이 들었다. 매를 더 때리라고 하셨으니 집에 와서 영어 시간에 선생님께 혼났다고 말한 적이 한 번도 없었다. 집에 와서 수업시간에 매 맞았다고 하면 어느 선생님께 뭘 잘못했기에 매를 맞았냐며 집에서 또다시 매를 맞아야 하는 그런 시기였다. 아버지는 장남인 나에게 관심이 크셨나 보다. 홍산 5일 장에 오시면 항상 중학교 교무실을 들러 친구 선생님들을 만나보고 가셨다. 자연스럽게 나에 대해서도 파악하고 가셨다. 어떤 의미에서 같은 중학교 동창인 동생들도 이런 사실을 느꼈는지는 모르겠다. 영어 시간에는 남학생이든 여학생이든 대나무 뿌리 회초리로 맞았다. 요즘 같으면 시끄러운 일들이 벌어졌을 것이다. 나는 집에서 한마디도 안 했다. 한 마디도 못했다. 아버지가 뻔히 알고 계시기 때문이다. 단지 그 콘사이스를 열심히 암기했다. 첫 장부터 끝까지 일고 또 읽어서 암기했다. 그 덕분에 지금까지 영어를 공부하면서 단어 몰라서 고생한 적은 없었다.

홍산중학교는 홍산농업고등학교의 병설이었다. 우리 3형제와 아버지와 숙부도 홍산중학교 동창이다. 여름방학이면 과제 중에 특별한 과제가 있었다. 퇴비를 과제로 제출해야 했다. 퇴비 과제는 2학년 때만 했다. 내 기억으로는 30kg이었던 것으로 생각한다. 중학생 덩치에 30kg을 메고 30리를 걸어야 했다. 쉬운 일이 아니다. 그래선지 1학년 때는 생략했던 것일까? 정말 고민이 되는 과제였다. 궁리 끝에 묘책을 생각했다. 우리 마을 앞에는 1930년대에 지어진 옥산저수지가 있다. 저수지 물이 들판의 산자락으로 갈라져서 백마강까지 흘러 마른 들판을 축인다. 그 수로가 학교 옆을 지나간다. 우선 짚단을 3개로 나눠서 묶었다. 학교에 다 가서 수로에 1개 짚단을 담갔다. 그런데 이미 그 장소에 와 있는 친구들이 있었다. 그들도 나처럼 똑같은 생각을 하고 있었다. 나는 짚단을 30분 정도 담갔다가 3개로 나눈 짚단 중 가운데에 넣고 새끼줄로 단단히 묶었다. 퇴비 짚단을 등짐으로 만들어지고서는 학교 운동장으로 갔다. 이미 많은 우리 반에 친구들이 와서 대형 저울에 짚단의 무게를 재고 있었다. 짚단에서 물이 줄줄 흐르는 친구도 있었다. 선생님은 아시는 듯했다. 그리고 알 수 없는 미소를 지으셨다. 선생님도 사실은 홍산중학교 출신이다. 이미 경험했기 때문일 것이라고 생각했다. 알고 속아주는 것이다. 우리가 살아가면서 이런 경우를 많이 겪는 것 아닐까? (2000.3.15.)

2. 돈벌이에 나섰다

나는 당초 중학교조차도 갈 생각이 없었다. 그때 과학영농을 하겠다고 나섰다. 그래서 중학교 진학 여부를 묻는 선생님의 파악에 나는 중학교에 가지 않겠다고 했다. 몇 일 뒤 아버지가 역정을 내셨다. 중학교 진학 여부를 어른들하고 상의하지 않고 중학교에 진학하지 않겠다고 결정했다고 그래서 결국은 과학영농의 꿈은 사라졌고 중학교를 다녔다.

이제 중학교에서 고등학교로 진학하는 문제였다. 나는 고등학교 진학도 탐탁하지 않았다. 이제는 숙부가 나섰다. 사회생활 하려면 고등학교는 나와야 한다는 것이다. 나는 중학교 졸업하고 1년 동안 돈벌이에 나섰다.

가장 먼저 간 곳은 재미있는 집이었다. 주인은 서울 모 공대에서 일하는 사람이었다. 그 사람은 학교에서는 필경사로 일하고 개인적으로는 이렇게 인쇄소를 운영하고 있었다. 그곳이 나의 첫 번째 일터였다. 사장이 출근하면 처조카라는 사람이 가게를 지켰다. 인쇄소에서는 명함, 교회주보, 학교 시험문제 등을 인쇄했다.

나를 추천한 사람은 우리 할머니였다. 당시 할머니는 숙부댁에서 가까운 월계중앙교회를 다녔다. 교단은 "중앙"이라는 작은 교단이었다. 10여년 전쯤 당시 시무하시던 목사님이 수유리에 있는 교회에서 시무하고 계셔서 통화했지만 나를 알아보지는 못했다. 월계중앙교회가 있던 지역은 개발이 돼서 자취를 찾아볼 수는 없었다.

할머니는 교회에서 만난 어느 집사님이 동생네 인쇄소에서 사람을 구한다니까 나를 추천하신 것이다. 자리를 항상 비울 수 없는 곳이었다.

주인 사장은 주취가 심했다. 거의 매일 술에 취해 돌아왔다. 퇴근하면서 동료들과 대작을 하는 듯했다. 거나하게 취해서 집에 돌아와서는 몽둥이를 들고 때린다는 것이다. 첫날부터 겁을 잔뜩 먹었다. 들은 대로 인쇄소 주인은 퇴근해서 몽둥이를 들고 다녔다. 직원이라고는 주인의 처남과 나뿐이다. 무조건 도피하는 것이 최선이다. 그러지 못한 부인은 거의 매일 몽둥이로 맞았다.

하루는 도피처를 찾다가 장위동에서 월계동으로 건너가는 다리 밑까지 도피한 적이 있다. 낮에는 활판 짜는 것을 정신없이 배웠다. 저녁만 되면 피난 전쟁터로 변했다. 나는 버티다 1달 보름 만에 그만두고 작은 집으로 돌아왔다. 그만둔다는 말도 없이 도망하다시피 해서 왔다.

다음으로 간 곳은 할머니의 조카가 운영하는 아크릴 간판공장이었다. 남자 5명이 일하는 만능 사업장이다. 간판 만드는 것뿐만 아니라 김치도 담고 밥도 했다. 밤이면 엄청난 빈대 떼가 어디서 왔는지 시커멓게 1열 횡대로 우리를 공격했다. 그곳에서는 아크릴로 글자를 만드는 일, 유리관을 휘어서 네온싸인을 만들고 만든 것을 빌딩 벽에 구멍을 파고 간판을 붙이는 일을 했다. 즐겁기는 했는데 무척 무서웠다. 그러나 일하는 것이 빈데 보다는 덜 무서웠다.

간판공장이 있는 곳에는 목공소가 하나 있고 그 옆에는 개고기집이 있었다. 그 골목 입구에는 오래된 영화관인 동양극장이 있었다. 지금은 동양극장 자리에 신축건물이 들어서 있다. 문화일보 신문사 터가 아닌가 한다. 이곳에서도 오래 일하지는 못했다.

막내 고모가 장위동 염광상고 앞에 양품점을 개업했다. 나도 그곳으로 옮겨 왔다. 고모는 이대 앞 양품점에서 점원으로 여러해 동안 경험했다. 그 경력으로 장위동에 가게를 차린 것이다. 고모는 그곳에서 결혼도 했다. 가게를 한동안 운영했다. 나는 고등학교를 진학하면서 돈벌이는 만족스럽지 못하게 마무리했다. 돈벌이 망상은 사라졌지만 추억으로 남아 있다.

3. 희망과 꿈의 출발점인 고교생활

고등학교 진학 때에는 숙부가 나섰다. 앞으로 살아가려면 고등학교는 나와야 하니 고등학교에 진학하라고 하셨다. 그렇게 나는 서울로 유학을 왔다. 아버지는 상고를 바라셨다. 그러나 나는 공고를 희망했다. 시험은 상고도 보기는 했다. 그러나 뜻이 없으면 이루어지지 않는다. 이것은 철칙이다. 나는 그렇게 공고를 진학했다. 당시 신진자동차 그룹이 운영해서 취직이 잘된다는 신진공업고등학교(현 신진과학기술고등학교)였다. 내 전공은 자동차 과였다. 어차피 신진자동차 회사나 그룹의 기업들이 자동차 관련 기업들이니 부지런히 공부해서 1학년 때 자동차 정비 관련 자격증을 거의 취득했다. 자동차 정비 2급, 샤시 정비 2급, 엔진 정비 2급, 전기 정비 2급 등... 자연히 전공과목은 자격증을 공부하면서 마친 상태였다. 전공과목 이외에 국, 영, 수 등 기본적인 인문계 과목만 공부하면 돼서 성적은 항상 상위권이었다.

자격증을 취득한 뒤에 자동차 정비공장에서 아르바이트하는 친구의 정비공장을 가봤다. 당시 정비공장에는 정비용 도크가 있는 곳이 그렇게 많지 않았다. 친구는 자동차 밑에 들어가 누워서 정비하는 선배의 심부름을 하고 있었다. 선배는 공장마당에 가마니를 깔고 누워서 자동차 자동차 밑에서 엔진 오일을 빼는 작업을 했다. 그때 "염부"라고 선배가 외쳤다. 친구는 "예"하고 되물었다. 그때 선배 손에 쥐고 있던 공구가 친구한테 날라왔다. 그리고는 "염부××"하고 상스러운 소리를 섞어 외쳤다. 엔진 오일을 빼려면 24밀리 스패너가 있어야 한다. 선배가 외친 "염부"는 1인치 즉, 24mm 스패너를 일본어로 표현한 것이다. 친구는 알 리가 없다. 나는 무슨 일을 하는지 사실상 구경하러 간 것인데 살벌한 현장을 보면서 겁부터 났다.

나는 친구가 일하는 공장을 견학하면서 학교에서 배운 미터법에 따른 공구를 일본식으로 부르는 방법을 배워야 함을 깨달았다. 그래야 선배들로부터 자동차 정비 기술을 배울 수 있을 것 같았다. 학교에서는 미터법만을 강조했다. 정부도 길이, 부피, 무게 등을 측정하는 단위인 도량형제도를 미터법으로 바꿀 것을 강력하게 추진하고 있었다. 하지만 미터법이 우리 사회에 정착되는 데는 많은 시간이 흘렀다. 정부도 당시 이를 예상하고 미터법 사용을 수년 동안 홍보했다. 일상생활에 젖은 제도를 단번에 바꾼다는 것이 어렵기 때문이다. 하지만 나는 정비 공구를 일본식 단위를 적용한 공구 명칭을 친구한테 부탁해서 배웠다. 나는 그 친구한테 미안하기도 했다. 그 친구는 얼마나 어렵게 배운 것인가? 미안하기도 했다. 그 친구는 그런 사실에는 개의치 않고 시간이 있을 때마다 나를 불러서 가르쳐주었다. 얼마나 감사한지 모른다. 그때 나는 정비공장을 꿈꿨다. 꿈은 꿈이다. 나는 그 길을 가지는 않았다. 하지만 꿈을 꾼다는 것은 미래에 대한 가능성을 다양하게 모색하는 방안이라고 생각한다. 꿈조차 꾸지 않는 것은 삶에 대해 실망스럽게 하는 것이다. 다양한 꿈을 꾸고 실현을 모색함은 젊음이라는 에너지가 있기 때문이다. 나도 정비공장 설립을 실현하기 위해 내가 갖춰야 할 것들을 미리 차근차근 알아갔다.

친구가 일하는 정비공장을 방문한 뒤에 나도 정비공장을 경험해 보고 싶었다. 자격증을 취득했으니 일단 자격을 갖춘 것 아닐까. 마침 생활하던 곳에서 가까운 버스 종점에서 일자리를 구했다. 새벽 3시에 출근해서 버스 출발을 준비하는 것이 가장 큰 일이다. 저녁 늦게 입고된 버스들을 점검하고 정비하는 일 보조역할도 했다. 상상할 수 없이 어려운 일도 있었다. 기름은 얼지 않는다는 것이 기본적인 상식이다. 그런데 한겨울에 기름이 굳어서 엔진이 움직이지 않을 때가 있다. 이럴 때면 엔진 밑에 연탄불을 밀어 넣어서 엔진실의 기름을 녹인 뒤에 작동시켜야 했다. 70년대에만 볼 수 있는 일이었다. 이후에는 이런 일을 본 적이 없다. 새벽에 버스들을 출발시키면 나의 일은 끝이 났다.

하루는 버스 정비공장 최고책임자가 나를 불렀다. 아르바이트 자리를 알아볼 때 자동차 정비 2급 자격증을 소지하고 있다고 했는데 그에 대해 자세하게 물었다. 그리고 정부 방침이 앞으로는 자격증 소지자를 우선 채용하고 자격증을 게시해야 한다는 것이었다. 당시 박정희 정권은 자격증 제도를 강화하고 있었다. 자동차 정비공장도 1, 2, 3종으로 분류하고 자동차를 정비할 수 있는 영역도 구분했다. 문제는 자격증을 반드시 부착하도록 했다. 이런 정부의 방침에 따라 이 정비공장에도 자격증을 게시해야 했다. 조건은 상당히 좋았다. 자격증을 게시하는 조건으로 매월 1만여 원을 지급하겠다고 했다. 자격증을 빌려주는 것인데 정작 내가 일하고 있으니 빌려주는 것도 아니어서 나는 흔쾌히 수용했다. 당시 입시학원의 종합반 수업료가 7~8천 원이었다. 나는 정비공장의 도움으로 학원에 다닐 수 있게 됐다. 어쩌면 가능할 수도 있는 대학 진학에 대한 꿈을 나름 차곡차곡 준비했다. 희망은 실현이 목적이 아니라 바라고 기대하며 꾸는 꿈이다.

4. 시국사건

숙부께서 박정희 정권 당시 다양한 시국사건에 개입돼 있었다. 대표적인 사건은 1973년 남산 부활절 사건을 비롯해 긴급조치 위반 혐의 등으로 구속되기도 했다. 고등학교를 다닐 때다. 목요일마다 각종 정치 등 시국사건으로 구속 중인 사람들을 위한 기도회가 종로 5가 기독교회관에서 열렸다.

목요기도회는 종로5가 기독교방송이 있던 건물 2층 강당에서 매주 목요일마다 열렸다. 할머니는 목요기도회 참석을 고대하셨다. 나는 당시 고등학생이었다. 매주 참석하기는 극히 어려웠다. 할머니를 모시고 갈 사람이 없었다.

그리고 할머니는 목요기도회에 참석하는 일이 쉬운 것은 아니었다. 오른쪽 다리를 약간씩 끄는 듯한 걸음걸이여서 빠른 걸음을 할 수 없었다. 보통 사람들보다 걸음걸이도 늦고, 시간도 많이 걸린다. 하지만 할머니는 한번 맘먹은 일은 포기하는 법이 없었다. 할머니가 가자 하시면 내가 학교 가는 것은 별로 중요한 일은 아니었다. 그래서 가끔 학교에 핑계를 대고 목요기도회도 참석했다.

나는 기도회 말고 서대문 형무소와 서소문의 법정에도 갔다. 자주는 아니지만 숙부가 재판받는 날 하루 전에 영치물로 한복을 넣어드리기 위해 갔다. 재판이 열리는 날 피고인석에 앉은 숙부는 깨끗한 한복을 입고 계셨다. 남산부활절 사건 재판을 비롯해서 긴급조치 사건 재판에는 가족 중 1명씩만 입장할 수 있었다. 지금은 그 법정이 서울시청의 별관으로 사용되는 것으로 알고 있다.

나는 80년대 중반 서울지검이 서초동으로 이전해 갈 때 법조 출입기자였다. 기자실 주변 70년대 내가 다녔던 법정들을 두루 살펴볼 기회가 있었다. 기자라는 신분이 되어선지 엄숙하고 억압적이기만 했던 법정이 초라해 보였다. 시국사건은 한동안 계속됐다. 요즘은 7, 80년대 같은 반정부 운동이 아니라 욕구충족형 시국사건이 다반사다.

5. 너의 삼촌 빨갱이냐?

고등학교 시절은 입이 있어도 나를 드러내지 않으려고 노력하며 살았던 시기였다. 시골에서 올라와 친척 집에 얹혀사는 신세였기보다는 접하는 상황들이 처음인 경우가 많았다. 그 상황들에 복잡한 경제적인 감정과 정치적인 감정들이 한군데에 범벅이 되어 있었지만 그 감정들을 표현하는 것은 서툴렀다. 그런 감정들의 최고는 고등학교 1학년 때 담임선생님으로부터 "너희 삼촌 빨갱이냐?"라는 말을 들었을 때였다.

삼촌(권호경 목사)은 1973년 남산 부활절 사건의 핵심 인사였던 것으로 알고 있다. 사건은 준비하는 과정에서 당시 중앙정보부에 발각이 돼 실패로 끝난 사건이다. 이 일로 인해 삼촌을 비롯해 서울제일교회 박형규 목사님 등이 구속됐다. 문제가 생겼다. 구속된 분들의 옷가지와 책 등 영치물을 넣고 받아내는 일을 담당하는 사람이 우리 가정에도 필요했다. 구속자 가족들이 돌아가면서 그 일을 했다. 숙모님은 당시 국민학교 교사였고 정보당국의 감시를 당하고 있 는 터라 자유롭지 못하셨다. 그래서 자주는 아니지만 가끔 내가 그 일을 감당했다.

학교 갈 때 보따리를 들고 가서 서대문형무소 입구에 있는 가게에 옷가지 등 물건을 맡기고 학교에서 외출을 허락받은 뒤에 물건을 찾아서 영치물을 넣어드렸다. 일을 마치고 다시 학교로 돌아가곤 했다. 외출이 빈번하다 보니 선생님이 궁금하다는 듯이 물었던 말이 "너희 삼촌 빨갱이냐?"였다.

외출해야 하는 상황을 설명하다 보니 자연스럽게 서대문형무소 이야기가 나오고 사건이 거명되니 선생님도 궁금은 했을 것이다. 그런데 선생님의 말씀에 나도 당황했고 나의 얼굴을 본 선생님도 감을 잡으셨는지 당황해하는 모습이 역력했다. 선생님도 무심결에 나왔던 모양이다. 나는 선생님의 얼굴을 한참 쳐다보다 "아뇨"하고 자리를 벗어났다.

서대문형무소 입구에 있는 가게 아주머니들은 항상 "아이고 어린 것이" 하며 맞아주셨다. 서대문형무소 입구 가게 중 필기구 등 형무소 안에서 필요한 잡다한 물건들을 면회 온 가족에게 파는 아주머니가 내 사정을 가장 많이 이해해 준 것 같다.

내가 보따리를 들고 "아주머니 오늘 또 왔어요. 여기 두고 학교 선생님께 말씀드리고 다시 오겠습니다" 하면 "그래라"하며 거절한 적이 없었다. 참으로 고마우신 분이다. 기자 생활하면서 서대문형무소 앞 가게들을 찾아간 적이 있었다. 그 아주머니의 소재를 아는 분은 없었다. 이제는 서대문형무소도 "서대문 독립공원"으로 개발돼서 나의 기억은 추억의 한편으로 남아 있을 뿐이다.

지금도 아련히 기억에 남는 분은 서대문형무소 입구 가게 아주머니와 함께 고등학교 1학년 때 담임선생님이다. 선생님은 고려대에서 수학을 전공하셨다. 우리는 그 분으로부터 수학을 배웠다. 선생님은 대학을 8년 다녔다고 하셨다. 그만큼 집이 가난해서 고학으로 다녔다고 한다. 한 학기 벌어서 한 학기 다니기를 반복하셨다.

선생님은 결혼하셔서 신진공고 옆에서 세를 사셨다. 내가 포항제철 합격 소식을 유일하게 전한 선생님이다. 내가 CBS 대전방송 본부장 시절 같은 반 친구들과 함께 선생님들을 모시고 사은회를 했다. 우리 반 모두가 모였다. 선생님은 수수한 모습으로 오셨다. 마치 우리와 비슷한 연세로 보일 정도로 수수한 모습이었다. 어떤 친구는 사은회장으로 들어오시는 선생님께 너 이름이 뭐더라 하는 친구들도 있었다. 그 정도로 우리와 비슷한 나이 또래로 보일 정도였다. 사은회를 마치고 6개월쯤 지난 뒤 갑자기 선생님의 비보를 들었다. 선생님이 소천하셨다.

장례식장에 친구들이 모였다. 사모님은 우리에게 오셔서 고맙다고 하시면서 그동안의 자초지종(自初至終)을 들려주셨다. 선생님의 사망원인은 위암이었다. 그런데 이런 사실을 선생님만 알고 계셨고 가족들에게는 일절 알리지 않았다. 아플 때는 위염이라고 하고 약으로 버티셨다고 한다. 참 가슴 아픈 일이다.

사모님은 제자들이 처음으로 베풀어 준 사은회를 다녀와서는 선생님이 매우 기뻐하셨다고 했다. 사은회에는 선생님 두 분을 모셨다. 1학년 때 담임이셨던 고(故) 박무삼 선생님과 2, 3학년 때 담임하셨던 김동인 선생님이다. 70에 가까워진 친구들을 요즘도 3개월에 한 번씩 만난다. 그때마다 돌아가신 박무삼 선생님을 거론하는 친구들이 많다.

6. 꿈은 꿈으로, 꿈에서 깨어났다-장형부모(長兄父母)

꿈의 실현을 위해서는 제한된 시간을 규모 있게 이용해야 한다. 일을 피곤하지 않고, 즐겁게 할 줄 아는 지혜도 필요하다. 좋다는 것은 가끔 이기적인 것이다. 다른 사람은 싫어할 수도 있기 때문이다. 스스로 만족스럽고 목적 달성을 위해 열정을 발현시키는 것은 꿈을 현실적으로 완성하기 위한 기본적인 행위이다. 희망은 노력이 전제되지 않고서는 그저 이루지 못하고 기대한 꿈으로 전락하고 만다. 일한다는 것은 현실이기 때문에 시간을 안배해야 한다.

학교 다니면서 일하고, 또 대입시학원 종합반 다니는 일이 쉬운 일은 아니었다. 하지만 꿈이라는 현실 앞에서는 불가능은 없다. 당시 예비고사는 하한선인 컷트 라인(cut line)이 있었다. 아마도 커트 라인은 대학 입학정원에 맞춰졌을 것으로 생각한다. 성사될지는 모르지만 대학을 가기 위해서는 무조건 예비고사 점수를 최대한 올려야 했다. 이런 목표와 가능성이 있었기에 때문에 어떤 어려움도 이겨낼 수 있었다.

나는 1972년 고등학교에 진학했다. 당시 작은집은 성북구 월계동에 있었다. 나는 이곳에서 학교가 있는 서대문구 응암동으로 통학했다. 내가 다닌 학교는 당시 자동차를 만들던 신진그룹이 운영하던 신진공업고등학교 자동차과다. 월계동에서 장위동 버스 종점까지 걸어와서 34번을 타고 미아리로 나와서 201번 시영버스를 타고 북악터널을 지나 홍은동 유진상가가 있는 홍제동 4거리에서 417번으로 갈아타고 녹번동 3거리를 지나 응암동 학교 앞에서 내렸다. 집으로 돌아올 때는 서울역으로 나와서 32번 버스를 타고 장위동으로 왔다.

서울제일교회 목사님이었던 숙부는 자주 중앙정보부와 치안본부 등으로부터 조사를 받았다. 당시 박정희 정권에 대한 반정부 운동을 했다. 그래서 자주 교도소도 가셨다. 나는 그럴 때마다 작은집에서 나와 홍은동 둘째 고모, 막내 고모, 친구 자치방, 독서실 등을 전전하며 생활했다. 언젠가 정리해 보니 고등학교 졸업하는데 주거지를 17번 옮겼다. 지금 생각하면 이런 과정들은 나의 자양분이 되었다.

나는 신진공고 자동차과를 다니면서 1학년 때부터 자동차 정비사 자격증 공부를 했다. 자동차 정비기능사 2급, 섀시 정비기능사 2급 자격증을 취득했다. 당시 파라과이로 농업이민 가는 부모님을 따라간 친구에게 혹시 필요할지 모르니 자격증을 가져가라고 했다. 그 친구는 가져가지는 않았다. 그 자동차 정비 자격증은 참으로 나에게 요긴하게 사용되었다. 당시에는 자동차 정비 자격증 없이 정비업에 종사하는 사람들이 많았다. 정부는 자격증 취득을 활성화하고 무자격 자동차 정비업을 양성화하기 위해 정비공장엔 자동차 정비 자격증을 반드시 게시하도록 제도화했다.

그때 자동차 정비공장에서 아르바이트하는 친구의 정비공장에 갈 기회가 있었다. 정비사가 어떤 일을 하는지가 궁금했다. 물론 자동차 고치는 일이겠지만 역할을 실제 보고 싶었다. 마침 친구는 자동차 정비하는 선배의 대모도(보조)를 하고 있었다. 선배는 자동차 밑에 가마니를 깔고 누워서 엔진 하부에 들어가 수리하고 있었다. 그때 선배가 "염부" 했다. 나는 처음 듣는 소리였다. "염부"라는 공구가 있나? 어물쩍거리는 친구를 본 차 밑에 들어간 선배는 망치를 친구에게 집어던졌다. 이어서 "염부 새꺄?"하고 큰 소리로 외쳤다. 친구는 공구실에 달려가서 스패너를 가지고 왔다.

작업을 마친 뒤 친구에게 물었다. 염부가 뭐냐? 염부 스패너, 당시에는 일제 강점기의 잔재가 정비 영역에 남아 있었다. 염부는 1인치 즉 24mm 스패너였다. 자동차 밑에서 염부 스패너가 필요한 것은 엔진오일을 빼내는 드레인 콕(drain cock)뿐이다. 선배는 엔진 수리를 위해 엔진오일을 빼기 위해 차 밑에 들어가 있었다. 당시에는 차량 정비용 도크나 리프트가 있는 정비공장은 흔하지 않았다.

나는 친구 정비공장을 다녀온 뒤에 공구 이름은 알아야 할 것 같아서 정비공장 아르바이트를 지원했다. 버스 종점 정비공장 사장한테 사정을 이야기했다. 흔쾌히 들어주었다. 이야기하면서 자동차 정비 자격증을 갖고 있다는 이야기도 했다. 새벽 3시에 버스 종점에 가서 첫차 출발 전 자동차 엔진을 가열시키는 일을 했다. 한겨울 추울 때는 반드시 필요한 일이었다. 지금이야 좋은 부동액이 나와서 엔진 시동 거는 것은 일도 아니다. 당시에는 엔진 밑에 연탄을 밀어 넣어서 해동시킨 뒤에 시동을 걸었다. 옛날이야기라고 할 수도 있다. 나는 선임자를 따라다니면서 심부름했다.

한 달쯤 지났는데 사장이 불렀다. 요지는 가지고 있는 자동차정비 자격증을 공장에 게시할 수 있냐고 했다. 그 대가로 매월 1만원을 주겠다고 했다. 그때 돈 1만원은 나에게는 엄청난 돈이었고 반드시 필요한 돈이었다. 나는 자격증을 취득한 뒤 어떻게든 대학 문턱을 넘고 싶어 방법을 찾고 있었다. 그런데 그것이 실현되는 것처럼 보였다.

나는 감사하게도 그 돈을 받아 종로 2가에 있는 청산학원 야간 종합반에 등록했다. 청산학원은 파고다 탑을 둘러싸고 설치한 파고다 아케이드 건너편에 있었다. 재수생 등으로 학원은 바글바글했다. 당시에는 대학에 가려면 예비고사를 통과해야 했다. 예비고사 커트라인 이상을 받아야 하고 대학을 선택하고 본고사를 봐야 한다. 나에게 감사하게도 대학입시에 도전할 수 있는 기회가 주어진 것이다. 공고 교과과정에 국·영·수가 있지만 형식적이고 대부분 자동차, 기계와 관련된 전공 교과과정으로 구성되어 있다. 전공과목은 자격증을 취득하면서 대부분 완벽하게 마스트했다. 국, 영, 수는 입시학원을 통하지 않고는 감당할 수 없다. 자동차 정비회사 사장이 그 기회를 준 것이다. 감사할 따름이다.

고3 시절 취업을 기대하고 들어간 신진그룹이 공중분해 되면서 취업도 어려워졌다. 취업한 선배들도 있었지만 취업 못한 선배들이 더 많았다. 나는 대입시 공부를 하면서 취업도 알아보고 있었다. 당시 내가 지원한 회사는 한국생사와 포항제철이었다. 한국생사는 누에에서 생사를 뽑아 명주 천을 만드는 회사로 기억한다. 공교롭게도 이 두 회사는 명동 미도파백화점 뒤편에 있던 KAL(대한항공) 빌딩에 있었다. 한국생사는 5층, 포항제철은 7층으로 기억한다.

한국생사는 74년 10월쯤 면접을 봤는데 면접을 마친 뒤에 교통비로 5천원을 주었다. 나중에 포항제철 입사하고 한 달 하숙비가 5천원이었다. 면접시험에 5천원을 준 것을 보면 한국생사가 튼튼한 회사라는 생각을 했다. 포항제철 경쟁률은 69대 1이었다. 합격해서 연수원에서 1개월 동안 교육을 받았는데 교육관들이 경쟁률을 설명해 줬다. 응시자가 많아서 당초 오전 10시에 한양공고에서 보려던 시험을 오후 2시에 장소를 한양대로 변경해서 치렀다.

합격하고 보니 대부분 포철 장학금을 받던 친구들이었다. 전국 공업고등학교에서 공부 잘하던 친구들이 모인 것이다. 경쟁률이 높았던 가장 큰 이유는 포항제철에서 자격증을 가지고 5년을 근무하면 산업체기능인력으로 군대를 면제받는 특혜가 있었기 때문이다. 포항제철 면접은 포항에서 봤다. 입고 갈 옷이 없어서 친구 형의 옷을 빌려 입고 갔다. 면접을 마친 뒤에 서울로 돌아오는데 문제가 생겼다. 생각보다 면접이 늦어지면서 당초 경주를 거쳐 오려던 계획이 어려워졌다. 경부선에는 차가 끊긴 것이다. 중앙선으로 올라오는 방법밖에 없었다. 그럴려면 경주가 아닌 영천으로 가야 했다. 포항에서 경주는 가까운데 영천은 꽤 멀었다. 12월 말 한겨울 무척 추웠다. 영천에서 청량리행 막차를 탔다. 청량리에 새벽 4시30분경에 도착했다. 지하철을 타고 방배동 작은집으로 왔다. 결과적으로 포항제철에 합격했다.

공고는 필수과정으로 실습을 나가야 한다. 나는 신진자동차가 GM으로 넘어간 GM코리아에서 100일 동안 실습했다. 하루 400원씩 받았다. 점심은 제공해 줬다. 나는 실습 중에 나는 예비고사를 치렀다. 11월 첫 주였던 것으로 기억한다. 예비고사를 치렀다. 시험 뒤에 가체점을 했을 때 점수가 예상한 것보다 잘 나왔다. 이때쯤 한양대, 서강대, 성균관대에서 예비고사 점수가 280점 이상이면 4년 장학금을 지급한다는 발표가 있었던 것으로 기억한다. 나는 여기에 희망을 걸었다.

나는 예비고사를 마치고 포철에 합격한 뒤에 아버지를 뵈러 장항선 열차에 몸을 실었다. 몸은 그렇게 가볍지는 않았다. 나는 대학에 가려면 아버지의 허락을 얻어야 한다. 아버지는 당시 충남 보령군 성주면 성주장로교회(기장)에 계셨다. 대천 역에서 내려 버스를 타고 차령산맥의 끝자락인 성주산 정상을 넘어야 했다. 당시 성주는 탄광 지대였다. 여러 군데에 탄광이 있었다. 지금은 거의 폐광하고 석탄을 캐는 광산은 거의 없다. 당시 캐낸 석탄은 대천역으로 운반됐다. 성주면에 가려면 석탄을 실어내는 화물차들이 다니는 길을 이용해서 산을 넘어가야 했다. 그 길은 험했다. 비가 오거나 눈이 내리면 경사가 급한 길이 많아서 승객들이 내려서 버스를 밀고 올라가 정상에서 버스를 올라타는 경우가 많았다. 이렇게 1시간 30분을 간다. 지금은 터널이 생겨 20분이면 가는 길이다. 나는 대천 버스터미널에서 성주면사무소 앞을 지나 부여로 가는 마지막 버스를 탔다. 성주교회 사택에 도착한 시간이 밤 11시 30분쯤이었다.

도착하자마자 엄마가 챙겨주는 늦은 저녁을 먹었다. 식사를 마친 뒤 아버지와 마주했다. 아버지께 "저 대학에 가겠습니다. 그러니 허락해 주세요"라는 말씀을 드리기 위해서 집에 왔는데 막상 나오지 않았다. 그래도 해야만 했다. 아버지도 분위기를 느끼셨는지 가정 경제를 설명해 주셨다. 아버지의 성주교회 사례금으로 5남매가 고등학교부터 중학교와 초등학교에 다녔다. 경제적으로 매우 어려운 상황이었다. 아버지의 설명이 아니어도 어려운 상황을 알고 있었다. 그래서 허락이 필요했지만 허락하실 것이라는 확신은 없었다. 아버지가 돌아가신 뒤에 동생들에게 들은 이야기지만 아버지는 자식들 학비를 조달하기 위해 교인들과 계를 들어

채웠다고 한다. 교회 장로님들과 교인들이 많이 도와주셨다고 한다.

나는 새벽 4시 다 돼서야 말씀을 드렸다. “아버지, 저 대학에 가겠습니다. 허락해 주시면 등록금 등 다른 문제는 제가 해결하겠습니다” 이렇게 말씀드렸다. 아버지는 한마디로 끊어 말씀하셨다. “장형부모(長兄父母)니라.” 나는 처음에는 무슨 말씀인지 이해하지 못했다. “장형부모(長兄父母)”라는 단어는 처음으로 들어 본 단어였다. 침묵이 한동안 계속됐지만 내 속에 감정이 북받쳐 올라왔다. 새벽 4시가 지나면 아버지는 새벽예배에 들어가신다. 4시 가까이 돼서 아버지가 한 말씀 더하셨다.

“일반대학은 안된다. 그러나 신학대학은 가라.”고 하셨다. 그 말씀을 듣는 순간 폭발 직전까지 왔다. 올라오는 흥분을 억제하는데 머리가 어지러웠다. 자리에서 일어서면서 나는 “신학대학 가느니 차라리 중이 되겠습니다.” 하고 집을 나왔다. 일반대학은 안 되는데 신학대학은 허락하신다는 아버지의 말씀은 지금도 이해되지 않는다. 나는 그날 신학대학, 신학대학, 신학대학을 수없이 반복해서 뇌이었다. 그리고 엄마가 싸주신 이불 보따리를 싸 들고 서울을 거쳐 포항으로 갔다. 이렇게 대학가는 꿈은 사라지고 말았다.

아까운 예비고사 점수였지만 그때 점수표를 찢어버렸다. 사용할 수 없는 것 눈앞에 둘 필요가 있겠는가? 가끔 가지고 있을 걸 하는 아쉬움도 있다. 나는 많은 생각을 했다. 아버지께 포항제철에 합격했다는 말씀을 드리지 않았으면 대학에 갈 수 있었을까? 당시 긴급조치 위반으로 형무소에 계셨던 작은아버지께서 계셨다면 대학에 갈 수 있었을까? 많은 생각이 교차했다. 내가 자식들을 키우는 상황이 되면서 아버지가 그렇게 말할 수밖에 없는 상황을 이해하게 됐다. 얼마나 어려우셨으면 그랬을까? 나는 아이들이 커가면서 아버지와 많은 대화를 나누려 했으나 아버지는 기다려 주시지 않았다. 1987년 5월 6일 새벽 서울대학병원에서 운명의 시간이 다가오는 시각에 고통스러워하시던 아버지의 모습이 지금도 선하다.

7. 아픔에도 절망하지 않고 꿈을 이루신 아버지

어린 시절 아버지는 항상 건강이 좋지 않았다. 아버지는 폐결핵 4기라고 하셨다. 그래서 부여보건소에서 약을 받아 오곤 하셨다. 매일 주사를 맞아야 했다. 그런데 부여까지 매일 갈 수 없었다. 언젠가부터는 아버지가 주사기를 뜨거운 물에 살균해서 직접 자신의 궁둥이에 주사를 놓았다. 가끔은 어머니가 도와주셨지만 만족스럽지 않았는지 매번 직접 하셨다.

아버지의 상태는 심각했다. 겨울에는 각혈을 많이 했다. 각혈할 때마다 방안의 벽은 온통 붉은색이었다. 각혈한 피가 벽을 붉게 한 것이다. 우리 3형제는 그때마다 산에 올라가서 칡을 캐왔다. 눈이 없는 산에서 칡을 찾는 일은 쉽다. 그러나 눈이 왔을 때는 난감했다. 그래서 나무할 때마다 칡을 제거할 때 나무에 올라간 칡은 제거하지 않았다. 필요할 때 나무에 올라간 칡 줄기를 찾아가면 칡은 쉽게 캘 수 있다. 눈 덮인 흙은 얼지 않아서 칡을 캐는 데는 문제가 없었다.

우리 집에는 산이 없어서 땔감을 구할 때 문제가 많았다. 산을 넘고 또 넘어서 가야 했다. 그때마다 아버지가 따라나섰다. 아마도 불안하셨던 가보다. 그래도 우리 형제가 10대로 어리긴 하지만 덩치는 커서 어른들에게는 불안할지 몰라도 어느 정도의 몫은 해냈던 것으로 기억한다. 나무를 해서 하나의 뭉치로 만들어 묶어내는 방법 등은 서툴러서 아버지가 도와주셨다. 3형제가 나무를 해서 강녕에 부려놓으면 그래도 뿌듯했다. 할머니와 어머니는 우리 손자, 아들들 다 컸다며 대견해하셨다.

언젠가 3형제가 나무하러 동네 뒷산인 비홍산에 갔다. 신이 나서 그랬는지 모르지만 나무를 너무나 많이 했다. 그런데 칡으로 나무를 모아 단을 만드는데 웬일인지 칡이 묶이지 않고 계속해서 끊겼다. 마음은 조급해지는데 비홍산 산꼭대기에서 "어흥, 어흥"하는 소리가 들렸다. 동생들이 그 소리를 듣고는 울기 시작했다. 울지 말라고 달래는 나도 사실 겁이 났다. 그런데도 나무 짐이 묶이지 않아 더욱 당혹스러웠다. 날은 해가 넘어가 어둑 어둑해 지는데 그냥 갈 수도 없고 난감했다. 그때 마침 옆 골짜기에서 나무하던 동네 아저씨가 오셔서는 "울지마라! 저건 호랑이가 아니라 부엉이 소리야" 하셨다. 그리고 우리 나뭇짐을 묶어주셨다. 얼마나 고마웠는지 모른다. 공포를 해결해 주셨고 미숙한 우리들의 나뭇단 묶는 일을 한꺼번에 해결해 주신 것이다. 그래서 사람들이 고향을 그리워하는 것 아닐까 한다.

어릴 때 어른들은 비홍산 꼭대기에는 호랑이 굴이 있다고 하셨다. 성장해서 올라가 본 정상에는 호랑이 굴인지는 몰라도 10여명이 둘러앉을 수 있는 굴 같은 공간에 넓적한 판석으로 덥혀있었다. 자연적이라고 하기에는 놀라운 광경이었다. 아버지와 숙부는 젊은 시절 그곳에 올라가 자주 철야 기도했다고 할머니가 말씀하셨다. 일제 강점기나 6.25 한국전쟁 때 도피처로 사용했다는 이야기도 전해지는 동굴이다.

아버지는 서울에서 취업하시곤 하셨다. 그러나 건강이 좋지 않아서 얼마 견디지 못하고 시골집으로 돌아오시기를 반복했다. 그런데 내가 고등학교 다닐 때다. 여름방학에 집으로 내려왔다. 아버지는 집에 계시지 않고 동생들만 있었다. 동생들에게 물어보니 아버지는 미산면 옥현교회 가셨다고 했다. 몸도 좋지 않은데 왜 옥현리에 가셨냐고 했다. 동생들은 아버지가 그러시는데 다 낳았다는 판정을 받았다고 했다는 것이다.

나는 사당골이라는 꼴짜기를 타고 옥녀봉이란 산을 넘어 옥현리에 갔다. 아버지는 옥현교회 어느 집사님이 기증한 밭에 교회터를 잡고 대들보를 올리고 계셨다. 가랑비 내리는 날이었다. 교인들도 나와서 공사를 하고 있었다. "아버지 괜찮으세요" 하니 걱정마라고 하셨다. 나는 아버지와 교인들에게 인사를 하고 부여보건소에 갔다.

부여보건소장은 아버지의 강경상업고등학교 동기 동창이었다. 소장님은 평소에도 자주 우리 집에 들렀다. 아마도 아버지와 동창이니만큼 근황도 살필 겸 해서 우리 집을 찾았을 것이다. 그런데 시골길 차가 없는 동네여서 걸어야만 하는데 대단한 정성이다. 나는 보건소에 도착해 소장님께 인사를 하고 우리 아버지 X-RAY 사진을 보여달라고 했다. 그때는 결핵환자가 많은 시절이라 면 단위로 사진을 행거에 걸어두었다. 소장님은 "나도 놀랍다". "이건 기적"이라고 하셨다. 걸린 아버지의 폐 X-RAY 사진을 한 장 한 장 밀어가면서 보는데 모든 사진에는 엄지손가락이 들어갈 만한 구멍과 작은 구멍들이 같은자리에 있었다. 그런데 맨 마지막 한 장에는 구멍이 없었다. 소장님한테 "아저씨 이거 믿어도 되나요 하고 물으니, 이것은 기적"이라고 말하면서 눈시울을 붉혔다.

확증하신 하나님이 아버지와 동행하셨다. 아버지는 그 당시 2달을 작정하고 아미산 기도원에 들어가셨다. 양은솥에 쌀과 된장, 고추장을 지게에 얹고 기도원으로 들어가 작정 기도를 하셨다. 아버지는 "죽거나 살거나 하나님의 뜻이니 주님의 뜻을 내려달라" 기도 하셨다. 그때 모습을 부여동남교회에서 은퇴하신 정하천 목사님도 아버지의 기도원 생활을 말씀해 주셨다. "권 장로 부친은 대단한 분이셨어, 지금 생각해도 놀랍다."고 하셨다. 2010년 대전CBS본부장 시절 찾아뵌 정하천 목사님의 증언이다. 아버지는 그때 2달 작정 기도를 하셨다. 정목사님은 함께 기도하면서 아버지의 모습을 보셨고 많은 대화도 나누었다고 하셨다. 아마도 하나님이 후일을 위해 정 목사님을 아버지의 증인으로 세우신 것은 아닐까? 생각한다.

아버지는 두 달 뒤 작정 기도를 마치고 부여보건소에 가서 X-RAY 사진을 찍은 것이다. 그때 아버지가 건강상태가 좋아졌다는 것을 느꼈기 때문에 보건소에 들러 사진을 찍은 것 아닐까? 나만의 생각이다. 그때 아버지의 사진에는 폐에 구멍이 없었다. 하나님이 응답하신 것이다. 히스기야의 기적이 아버지에게도 일어난 것이다. 그런데 아버지는 이런 기적 같은 이야기를 겉으로 드러내시지는 않았다. 몸으로 실천하셨다.

아버지는 결핵을 이겨내신 것을 확인한 후 한국기독교장로회 총회에서 운영하던 통신성경학교에 등록해 전도사 자격을 얻었다. 그때 전도사 자격을 얻은 뒤 신학교 과정을 거쳐 목사안수를 받은 목사님들이 지금도 목회하고 계시다. 아버지는 그 과정을 밟지 않았다. 아버지 지론은 전도사든 목사든 하나님을 섬기는 것 아니냐고 고집을 부렸다. 아버지는 그 후 15년 동안 목회하셨다. 히스기야 대왕이 하나님으로부터 15년동안 생명 연장을 허락받은 일이 생각났다.

우리 집안의 모 교회는 부여군 옥산면 홍연교회다. 홍연교회에서 시무하시던 임달호 목사님은 미산면 옥현리에 교회를 개척하고 계셨다. 임 목사님은 독립운동하셨던 어른으로 연세가 많았다. 아버지가 전도사 자격을 얻자마자 개척하는 일을 넘겨 받았다. 아버지는 옥현교회를 세우고 그 교회에서 2~3년을 시무하셨다. 이어서 서천군 마산면 라궁교회와 보령시 성주면 성주장로교회에서 목회하셨다. 아버지는 홍연교회의 지교회인 상기교회에서 부흥집회할 때 일이다. 상기에는 나사렛교단의 교회도 있었다. 아버지가 기장교단인 상기교회에서 부흥집회를 인도하는데 나세렛교회 교인들도 참석했다. 그런데 부흥회를 마칠 때쯤 나사렛 교인들이 모두 상기교회로 이적하는 사태가 발생했다. 현제 상기리에는 상기장로교회만 있는 것으로 알고 있다. 아버지는 시무하시던 성주교회에서 1987년 4월 마지막 주 수요 예배를 마치고 쓰러지셔서 1주일 뒤인 5월 6일 수요일 새벽 4시 30분에 서울대학병원에서 소천하셨다.

나는 아버지와 많은 대화를 나누지 못했다. 아버지는 기다려 주지 않았고 52세의 젊은 연세에 소천하셨다. 그래서 인명(人命)은 재천(在天)이라고 한다. 아버지는 다정다감하지는 않았다. 그래서 무섭기만 했다. 성장해서도 필요한 대화만 나누고 가능하면 피했다. 이런 가운데 군대를 마치고 대학도 졸업했다. 직장도 가졌고 결혼해서 가정도 꾸렸다. 그럼에도 아버지와 가까이하기에는 어려웠다. 그러면서도 언젠가 아버지와 그동안의 모든 것에 대한 진지한 대화를 한 번쯤 가져야 한다는 막연한 생각을 해왔다. 그런데 아버지는 기다려 주지 않았다. 나는 그 뒤에 모든 일에는 때가 있다고 생각했다. 필요하다는 생각을 한 시점이 바로 그때란 것이다. 그래서 필요하다고 머릿속에만 남겨둘 것이 아니라 그 즉시 실행해야 한다고 생각한다.

8. 어머니 소천(召天)

어머니는 2022년 4월 14일 소천(召天)하셨다. 어머니는 내가 모시면서 낮에는 내가 운영하는 데이케어 센터를 이용하셨다. 우리 부부가 일찍 출근하고 늦게 퇴근하는 탓에 요양보호사를 채용했다. 데이케어가기 전 1시간, 돌아오셔서 한 시간 이렇게 사용했다. 언젠가부터 어머니가 요양원을 알아봐달라고 하셨다고 요양보호사가 전했다. 내가 정말 가시겠냐고 했더니 그러겠다고 하셨다. 한 달 정도 설득했는데 완고하셔서 서부시립요양원으로 모셨다.

서부시립요양원에 대한 어머니의 만족도는 높았다. 소망교회 복지재단이 운영하는 곳이어서 매일 예배드리는 것에 대해 매우 좋아하셨다. 이때는 코로나 시기였다. 암흑의 시기였다. 전화 통화는 가능했지만 직접 뵙기는 어려웠다. 요양원이 허용하는 날짜에 맞춰서 찾아뵐 수밖에 없었다. 그때마다 시간이 되는 형제들이 모여서 어머니를 면회했다. 사회복지사나 요양보호사의 전언으로는 어머니가 프로그램 참여도 적극적이었다고 했다.

그런데 3월 30일 오전 10시쯤 요양원에서 전화가 왔다. 어머니가 호흡이 불안정하다는 것이다. 송영을 마친 센터 스타렉스를 타고 요양원에 갔다. 마포 구급대가 도착해 있었고 어머니는 구급대 차에 누워계시는데 인사불성이었다. 구급요원들은 주변 병원 응급실에 전화해도 자리가 없다고 했다. 나에게 선택하라고 한다. 그래도 큰 병원이 낫겠다 싶어 세브란스 병원 응급실로 이동했다.

응급실에 도착한 시간이 11시20분쯤이었다. 구급차 대기가 20여 대나 됐다. 오후 2시 넘어서야 응급실에 들어갈 수 있었다. 들어가서도 방이 아니라 침대에 누워 계셨다. 혼수상태는 계속됐다. 하루가 지난 뒤에서야 응급실 방으로 자리를 잡을 수 있었다. 대신 보호자는 들어갈 수 없었다. 대기실에서 그렇게 3일을 지냈다. 의사나 간호사가 부르면 들어가 요구사항을 들었다. 4일이 지난 뒤에서야 병실이 나왔다.

병실로 옮기기는 했는데 이제는 간병하는 일이 문제였다. 동생들의 의견을 들었다. 나는 이렇게 제안했다. "어머니 이제 마지막 같으니 우리 5남매가 돌아가면서 간병하는 것으로 하자"고 했다. 모두가 동의했다. 이렇게 5남매가 시간이 나는 대로 어머니 간병을 했다. 그런데 문제가 생겼다. 큰아들이 미국에 유학 중이었는데 비자 문제로 잠시 귀국했다 다시 돌아가기로 한 기간이었다. 아들들은 형제가 모이니 엄마 회갑을 기념해서 제주도 여행을 몇 개월 전에 예약했다. 사정을 동생들에게 설명하고 제주도로 가기로 했다. 어머니는 점점 혼수상태를 벗어나는 것 같았다. 4월 10일부터 14일인 여행 기간에는 큰일은 없을 것 같았다.

제주도에서는 증손자인 해준이 위주로 놀았다. 잘 지내고 돌아오는 날인 14일 새벽에 큰 여동생이 전화가 왔다. 올 것이 왔구나 싶었다. 어머니가 위태롭다고 한다. 우리가 돌아가는 비행기는 오후였다. 가장 빠른 비행기는 오전 7시경이었다. 아무리 서두른다고 해서 빨리 바다를 건널 수는 없었다. 정신을 차리고 제주공항에 도착해서 7시30분 비행기를 탔다. 그리고 신촌 세브란스 병원에 도착하니 14일 오전 9시 30분이었다. 동생들이 엄마가 잠시 전 운명하셨다며 병실을 정리하고 있었다. 참 안타까운 일이다. 어머니의 시간은 나를 기다려 주지 않았다. 어머니는 2022년 4월 14일 88세로 소천하셨다. (2022.12.05.)

벗어남-포항제철과 군 생활

1. 포항종합제철 입사

나는 신진자동차 그룹이 운영하던 신진공고를 졸업과 동시에 19살인 1975년 2월 10일에 포항제철에 입사했다. 포항제철 독신자 아파트에서 1달 동안 생활했다. 그리고 정문 앞에 있던 동산 위 연수원(지금은 동산이 사라지고 벌판이 됐다)에서 1달 동안 교육을 받은 뒤 제강공장에 배치됐다. 제강공장에서 각종 설비와 기계를 정비하고 수리하는 제강정비과에 배속됐다. 현장 직원은 전국에서 골고루 모여든 공업고등학교 졸업생들의 집합소였다. 170여명이 입사했는데 경쟁률이 상당히 높아서 69:1 수준이라고 들었다. 이런 사실은 연수원에서 교육받으면서 강사들을 통해서 알게 됐다.

제강공장에 있는 용광로는 전로(轉爐)라고 한다. '바꿀 전(轉)' 전로다. 즉 선철을 강철로 전환(轉換)시킨다는 의미다. 영어명도 그래서 Converter. 제강공장에서 강철을 만들어 내는 과정은 중앙조작실에서 운전한다. 중앙조작실에서 운전하는 각 부분의 기계가 이상이 생겼을 때 해당 기계들을 수리하는 것은 정비직의 직무다. 제강공장 설비는 7층까지 배치되어 있지만 층 개념은 일반 아파트 개념은 아니다. 기계설비의 크기에 따라 층고가 달라진다. 아파트는 사람의 키와 가구에 맞춰진 것이지만 제강공장은 기계와 설비에 맞춰진 높이다.

정비 명령서는 거의 매일 20여 건이 계속해서 나왔다. 점검반이 공장 구석구석을 살피고 운영팀이 운영하면서 발견한 문제점들이 작업명령서에 포함된다. 작업명령마다 포철 직원 1명에 협력업체 직원이 붙었다. 작업 규모에 따라 인력이 적게는 5명에서 많게는 20명 넘게 배치되고 공사에 따라서는 전기 용접기와 개스 절단기도 함께 붙었다. 작업명령이 떨어지면 그날 중으로 일을 마쳐야 공장이 제대로 돌아간다. 그리고 정비작업은 하자 없이 완벽해야 한다. 그래야 손실이 발생하지 않는다. 손실이 발생하면 엄청나게 그 규모가 크다. 뜨거운 쇳물을 다루는 곳이어서 뜨겁거나 톤(Ton) 단위의 무거운 것들이 대부분이다. 요즘 말하는 중대재해가 발생할 위험이 큰 공장이다.

내가 포항제철에 입사한 것이 1975년이다. 포항제철의 초창기였다. 포항제철은 1973년 4월 1일 만우절 날 처음으로 가동됐다. 포항제철이 자리 잡은 영일만 해변은 본래 염전이었다고 한다. 바다에서 퍼 올린 모래로 염전을 돋워 공장 터를 만들었다. 당시 포항제철공장 부지의 면적은 320만 평이라고 했다. 정문에서 철광석과 무연탄이 야적되는 부둣가까지 구내 버스로 이동하면 30분 걸렸다. 엄청나게 넓은 공장이었고 원료인 철광석에서 쇠를 뽑아 제품까지 생산해 내는 일관제철 공장이었다. 호주나 인도, 브라질 등에서 바다를 통해 들어온 철광석에서 무쇠를 축출하고 다시 강철을 만들고 후판과 압연, 냉연 등 각종 제품을 만들어 내는 일괄 제철공장은 세계적으로 드물었다. 포항제철은 배고픔에 허덕

이던 우리 민족에게 풍요를 안겨준 토대가 되는 국가기간산업이다.

나는 신문에 나온 직원모집 광고 중 "사원 모집"이라는 단어만 보고 지원했다. 기타 사항에는 관심이 없었다. 그런데 친구들은 "산업체 기능 인력"이란 사실을 알고 들어왔다고 한다. "산업체 기능인력"은 정부 공인 자격증을 가지고 기간산업체에서 5년간 일을 하면 군대 문제가 해결된다. 하지만 개중에는 자격증이 없는데도 합격한 친구도 있었다. 그 친구들은 퇴근 후 혼자 남아서 자격증을 따기 위해 열심히 연습했다. 주로 산소나 전기용접 자격증에 도전했다. 전기나 산소용접 자격증을 도전하기 위해서는 연습이 가장 중요하다. 연습을 위해서는 연습용 소재가 엄청나게 필요하다. 포항제철은 철강회사이니만큼 다양한 스크랩이 야적장에 쌓여있다. 야적장에서 소재를 가져다가 용접용으로 가공해서 사용하면 된다. 또한 기계정비 선배 중에는 정비뿐만 아니라 용접, 선반 등에 도가 튼 선배들이 많았다. 용접한 결과물을 내놓으면 곧바로 잘된 부분과 그렇지 않은 부분을 곧바로 지적할 수 있는 이 분야 전문가들이다. 그렇게 자격증 취득에 도움을 받을 수 있었다. 모두 퇴근하고 나면 혼자 남아서 연습했다. 그럼에도 자격증을 취득하지 못하면 병역을 마치고 복귀하는 친구도 있었다.

나는 포철에서 오래 일하지는 못했다. 자존심 상하는 일들이 자주 일어났다. 내가 입사했을 때 포철은 초창기여서 사고가 자주 발생했다. 포철은 고온에 쇠를 다루는 사업장이어서 사고가 발생하면 인명에 영향을 미치는 등 중대 재해가 빈발하는 사업장이었다. 사고가 발생할 때마다 현장을 관리 감독하는 간부들은 긴장했다. 간부들은 현장을 찾아다니며 막말도 간단없이 계속됐다. 나는 그런 막말을 들을 때마다 자존심을 자극했다. 사고가 발생하면 제강정비과 과장은 "야 새끼들아! 너희들은 기능직 사원이 아니라 공돌이야!" 내가 가장 듣기 싫은 소리였다. 저런 소리를 들을 때마다 대학을 가야 한다는 생각이 더욱 간절했다.

그리고 내가 저런 소리를 들으려고 여기까지 왔나 자문하며 퇴사하는 문제를 고민했다. 고민의 주요 내용은 수단과 방법을 가리지 않고 대학 졸업장을 취득하는 것이다. 지금은 야간 학제가 있는 한동대학교라는 명문대학교가 있다. 당시에는 대학교에 입학하려면 대구까지 가야만 했다. 지금은 맘만 먹으면 차량을 구할 수 있지만 그 때는 거의 불가능했다. 당시 가능한 이동 수단은 그나마 오토바이였다. 대구까지 3시간 정도 잡아야 한다. 수업에 참여하기는 거의 불가능했다. 이리저리 고민해보았지만 방법을 찾을 수가 없었다. 나는 고민을 거듭하다가 끝내 포항제철을 그만두기로 했다. 그때가 79년 5월이다. (2000.3.10.)

2. 포항제철, 영일만에서의 우정

포항에서의 생활은 한마디로 외로웠다. 포항에서는 지역도, 사람도, 기후조차도 처음 겪는 것이어서 낯설었다. 포항경제의 중심에는 포항제철이 있다. 그때도 그렇고 지금도 마찬가지다. 포항제철 주변에는 포항제철 계열사와 함께 연관 산업단지가 이어진다. 포항인구의 상당부분은 포항제철이나 연관산업단지에서 일하는 사람들이다.

포철에서는 가능하면 독신자 아파트에서 살기를 원했다. 입소 경쟁률이 높아서 당첨 확률이 높지 않다. 여기서 탈락하면 포철과 가까운 곳에 숙소를 정한다. 나는 형산강 다리 바로 건너 오른편 골목에서 3번째 집에 하숙집을 정했다. 여기가 해도동이다. 지금은 평화롭던 그 지역은 아파트 숲으로 변했다. 당시엔 바로 앞에 석유 시추 탑이 있어서 낮이고 밤이고 시굴은 계속됐다. 포항제철에 재직 중일 때인 75년쯤에는 석유가 발견됐다는 발표도 있었으나 경제성이 떨어져 관심 밖으로 멀어졌다.

지금도 생생하게 기억하는 것이 있다. 매일 아침 출근하기 전 아침밥은 하숙집 주인아저씨와 함께 먹었다. 아저씨는 밥상머리에 앉을 때마다 "자네들 술만 퍼마시지 말고 여유 있을 때 땅을 사두라"고 거듭해서 강조하셨다. 땅도 소개해 주셨다. 하숙집 앞에 석유 시추를 하던 시추공 옆에 땅은 습지였다. 여름에는 모기가 우글거렸다. 아저씨는 그 땅을 사라고 하셨다. 75년 당시 평당 1원이라고 하셨다. 그때 더도 말고 1만 원어치만 사둘 걸 농담 같지만 후회한다. 지금은 그 땅에 아파트가 들어서서 그야말로 금싸라기 땅이 됐다.

포항에서 생활은 짧은 기간이었지만 술을 정말 많이 마셨다. 우리 학교에서는 나만 포철에 합격했다. 다른 학교에서는 3~4명씩 합격생이 있었다. 나와 함께 하숙한 친구(이광수)는 유한공고 출신이다. 전국에서 모인 나이도 비슷한 또래 친구들이라 술 한잔 마시면 곧바로 친해졌다. 그러다 친구들이 여기저기서 모이는 합석하는 자리도 곧잘 만들어졌다.

제강공장 정비과에는 입사 동기들이 유난히 많았다. 기계와 전기, 그리고 석회공장 정비도 제강정비과 소속이라 모두 모이면 100여명이 모였다. 그중에 우리 동기들이 30명이 넘었다. 엄청난 Manpower였다. 그런데 동기들이 함께 모두 모인 적은 없었다. 과 회식이 1년에 한두 차례 있었는데 모두 얼굴을 볼 수 있는 것은 그때가 전부였다. 점심시간에 제강공장과 석회공장 중간쯤에 있는 야외식당, 소위 함바집에서 가끔 얼굴을 보기도 했다.

우리는 하숙집을 옮기기로 했다. 포항제철이 당시 직원들을 위해 세운 주요 주택단지는 인덕단지와 효자단지였다. 인덕단지는 주로 현장직 직원들이, 효자단지는 사무직들이 주로 생활했다. 우리는 C-31호로 이주했다. 이 집에는 나와 이광수의 고등학교 친구 2명(이창석, 이승우)이 합류해서 4명이 한방에서 생활했다. 우연이지만 모두 기독교인이었다.

4명 중 창석이가 가장 열심히 교회에 다녔다. 그 친구가 다닌 교회는 포항제일교회다. 나는 아버지께서 기장(한국기독교장로회)교회를 다니라고 하셔서 기장교회를 찾아보았지만 찾을 수 없었다. 친구들과 함께 포항제일교회를 다녔다. 그때 청년회 담당 목사님은 나중에 서울 새문안교회로 옮겨오신 김동익 목사님이었다. 우리 4명은 주일 대예배와 매주 토요일 청년회 예배에 참석했다. 당시 김동익 목사님은 부목사셨다.

어느 날부터 창석이 친구가 교회에 나가지 않겠다고 했다. 창석으로 인해 다니던 포항제일교회를 4명 모두 다니지 않게 됐다. 자세한 내막은 모르겠지만 창석이가 교회를 나가지 않으면서 우리 모두 다니지 않게 됐다. 창석이가 여성으로부터 실연을 당했는지 알 수 없는 일이다. 친구가 스스로 밝히지 않는 한 단지 추측할 뿐이다. 우리는 이후로 포항을 떠날 때까지 교회에 나가지 않았다.

70년대 만났던 친구 4명을 50년이 지난 요즘도 1년에 3~4번 만난다. 이제는 70에 가까운 나이라 다니던 직장에서 은퇴하고 제2의 직장을 다니고 있다. 아직 학생이 있는 친구도 있지만 모두 결혼시킨 친구도 있다. 모두 노후를 잘들 보내고 있다. CBS에 입사해서 처음 맞은 성탄절 방송 준비를 위해 목사님 인터뷰하러 새문안교회에 간 적이 있었다. 섭외할 때는 동명이인이겠지 하고 나섰는데 포항제일교회 김동익 목사님이 새문안교회에 와계셨다. 참으로 반가웠다. 그런데 어느 날 놀라운 소식을 들었다. 목사님이 소천하셨다는 것이다. 친하게 지내지는 않았지만 젊으셨는데 참으로 안타깝기가 그지없었다.

3. 영일만에서의 여유

영일만에서의 삶은 처음으로 여유 있는 나날을 보냈다. 앞에서 언급한 대로 하숙비는 5천원이었다. 세탁은 어찌했는지 기억에 없지만 가끔 주인아주머니가 해 주었던 것 같다. 주인집에는 고 3짜리 딸이 있었다. 딸과 대화를 나눈 기억은 없다. 특별한 기억이 없다는 것은 우리 관심 밖이었던 것 같다.

매월 처음으로 맛보는 거금이 들어왔다. 사용처는 이미 결정되어 있었다. 매월 3만원은 우편환으로 바꿔서 집으로 보냈다. 그것은 의무라고 생각했다. 그리고 교회에 십일조도 처음으로 해 봤다. 참으로 경이롭고 신비로웠다. 내가 땀을 흘려 번 돈으로 한 십일조는 나로서는 큰 의미가 있었다. 그리고 계도 들었다. 계주는 연주공장에서 교대 근무하는 직원이었다. 연주공장은 갑, 을, 병으로 나누어 하루 8시간씩 24시간 돌아가는 공장이다. 그 사람은 나이는 나보다 많았다. 그는 쉬는 날이면 각 공장을 돌아다니면서 책을 팔기도 하고 계주 역할도 했다.

나도 그 사람에게 계를 들었고 책도 샀다. 처음으로 내 돈으로 산책은 아직도 내 책장에 꽂혀있다. 계는 두 건을 들었다. 당시로서는 포철에 오래 있을 계획이었던 듯하다. 항상 어딘가로 떠날 것을 염두에 두면서도 한편에서는 경제적인 여유로 인해 현실에 안주하려 했던 것은 아닌지 생각해 본다. 주머니에 돈이 있는 이상 지금까지 물질로 인한 가장 높은 장벽의 문제는 해소됐기 때문에 다소 여유가 있었다.

교통수단은 자전거나 열차를 이용했다. 자전거는 제강공장으로 들어오는 미국산과 일본산 고철 가운데 쓸만한 것으로 조립했다. 쇠를 다루는 공장인 만큼 만들어 내는 것은 쉽게 할 수 있었다. 고철 야적장에서 일제와 미제 고철 자전거에서 쓸만한 차대와 핸들을 분해해서 조립하고, 바퀴와 바퀴 살은 자전거대리점에서 구입해 조립했다. 자전거 핸들과 차대 조립은 용접 장인인 선배의 지원을 받았다. 보통 자전거 바퀴의 직경은 26인치인데 조립한 자전거는 27인치였다. 그만큼 자전거의 속도가 무척 빨랐다. 형산강교에서 오거리까지 직선도로에서 택시와 경주한 적도 있었다.

열차를 타고 출근할 때는 포항역에서 타야 한다. 열차의 종점은 제강공장 바로 앞이었다. 그런데 열차는 주로 사무직원들이 이용했다. 그들은 현장직과는 얼굴색이 다르다. 이방인들처럼 보인다. 저들도 우리를 그렇게 보고 느꼈는지 모르나 무엇인가 다른 것이 있었다. 그래서 열차 이용은 그렇게 많지는 않았다.

가지고 싶은 것이 또 있었다. 전축이다. 월급을 타면 오거리 전파상에 나가서 전축을 구경했다. 한 달 월급으로는 가당치 않았다. 적어도 삼사 개월 월급을 고스란히 모아야 했다. 그런데도 청주에서 온 친구(이용수, 청주공고)는 전축을 사서 하숙방에서 즐겼다. 나는 가끔 그 친구 방에 가서

팝송을 듣곤 했다.

내가 전축에 매료된 것은 고교 시절 종로 거리를 걸으면서 들었던 클래식 음악 때문이다. 나는 고등학교에 들어가면서 시간이 있을 때마다 책을 많이 읽었다. 책을 보면 닥치는 대로 읽어 가던 시절이었다. 그때 읽은 책은 도스토옙스키의 "죄와 벌", "악령", "죽음의 집의 기록" 등이었다. 숙부의 책장에 있던 책 중 신학책을 제외하고 거의 모든 책을 섭렵했던 것 같다. 자연히 책장에 있던 도스토옙스키의 책에 매료되었다. 도스토옙스키의 책을 읽으면 그 책에서만 느낄 수 있는 러시아 형무소 분위기를 상상할 수 있다. 이야기들은 우울하기 그지없는 현실이었다. 나는 그것을 "러시아의 우울"이라고 붙였다.

72년 봄, 종로 거리를 걷고 있었다. 1가에서 2가 쪽으로 걷는데 당시 전축을 파는 전파상에서는 LP도 함께 팔았다. 스피커를 밖에 내어놓고 볼륨을 높여 음악을 틀었다. 지금 같으면 소음 문제로 난리가 났을 것이다. 그때 도스토옙스키의 책에서 우울함을 잘 표현한 음악이 흘러나왔다. 나는 가던 길을 멈추고 전파상으로 들어갔다. 그리고 주인인 듯한 남자에게 물었다. 사장님 "지금 흘러나오는 음악은 누구 곡인가요?" 그는 나를 한참 물끄러미 바라보더니 못마땅한 듯 퉁명스럽게 "라흐마니노프곡"이라고 했다.

얼굴에는 실망한 표정이 역력했다. LP나 전축을 구입할 사람을 기다리던 사장은 고등학생의 질문에 실망한 것이다. 그래도 지금은 아니지만 미래의 고객인데 약간 서운하기도 했지만 내 마음속에서는 "라흐마니노프"라는 신기한 이름을 머릿속에 반복해서 새겼다. 그래서 내 머리에 50여 년이 지난 지금까지도 지워지지 않는 기억이다. 그런데 내가 실수했다. 심포니인지 소나타인지 구체적으로 확인하지 못했다. 그때는 음악에 대해서 문외한이어서 구체적으로 확인하지 못했다.

나는 진공관 앰프와 턴테이블, 스피커를 구입해서 음악을 듣고 있다. 라흐마니노프의 곡을 연주한 CD와 LP를 구해서 CD와 LP를 Play시켜 그 곡을 찾으려니 시간이 너무나 많이 소요된다. 이참에 라흐마니노프의 곡을 가볍게 섭렵할 수 있는 계기는 되었다. 지금까지 LP 40여 장을 모았다. CD 전집도 몇 개 된다. 시간이 되는대로 차근차근 들어 볼 작정이다.

그 때문에 진공관 앰프도 몇 대로 늘었다. 앰프나 진공관에 따라 소리가 다르긴 하지만 대체로 차분해진다. 앰프가 바뀌면 소리가 달라지는 것은 이해할 수 있다. 그런데 진공관에 따라 소리가 달라지는 경험은 참으로 신통한 세상에 와 있는 기분이다. 특히 진공관의 제작연대나 제작한 국가에 따라 달라지는 경험 또한 신묘하고 나이 들어 별천지를 경험한다.

진공관은 제작연대에 따라 돈에 따라 어디서 만들었는지 지역에 따라 소리가 다르게 들린다. 그래서 앰프를 이것 저것 모으기도 하고 그에 따라 진공관도 달리 구입해야 한다. 앰프나 진공관에 취하면 헤어 나오기가 쉽지 않다. 앰프를 조립해 준 사장님께 "진공관 앰프는 마약"이라고 했더니 "좋은 음악을 들으니 좋지 않으냐?"고 했다. 제작자는 일견(一見) 제작자로서 나의 의견에 동의하면서도 좋은 소리에 초점을 맞추고 있다.

그렇다. 음악은 투자에 비례한다. 시간이든 물질이든 투자를 요구한다. 인생도 마찬가지 아니던가. 대가 없이 그냥 주어지지 않는다. 좋은 소리의 음악을 들으려면 자금은 물론이고 그만큼 시간을 투자해야 하고 많은 음악을 들어봐야 한다. 그 호기심이 자신을 아름다운 음악의 선율에 이끌어 올려진다. 엄청난 음반을 소유한 사람들은 그저 가지고만 있는 것은 아니었다. 나름 듣고 또 들어서 음악을 자기 것으로 소화를 시킨다. 그래야 음악을 작곡한 사람의 사상이나 생각들을 이해하고 넘어서 더욱 깊은 경지를 접할 수 있다고 생각한다.

젊은 싱어송라이터(singer-song writer)들의 인터뷰나 책들을 읽어보면 천성적으로 부여받은 것도 있지만 끊임없는 노력의 결실이라는 사실을 접하게 된다. 이제 70 나이에 접어든 나도 음악을 보다 열심히 들어 보려고 한다. 물질적, 시간적 여유도 중요하다. 하지만 자신의 부족함을 채워가려는 열정과 여유를 집중시켜 가는 것이 무엇보다도 중요하다. 그것이 삶의 가치를 높이는 일이 아닐까? 그래서 무조건 추상적이고 좋은 것만을 추구할 것이 아니라 자신의 마음에 드는 일들을 하나, 둘 자기화 시켜가는 것이 좋지 않을까 생각한다.

포항제철의 생활이 여유롭기만 한 것은 아니었다. 물질적으로는 여유가 있었다. 20세 전후의 젊은이들이 모여 직장에서 일하고 휴일에 주변을 찾거나 새로운 것을 배우거나 하는 것이 없었다. 정서적으로 무척 메마른 생활이었다. 고작 하는 것이 젊음을 갉아 낭비하는 술 마시는 일이었다. 마셔도 너무 마셨다. 젊음이라는 혈기와 가족과 함께할 수 없는 외로움이 함께해서 술은 더욱 자주 찾게 된 것 같다.

4. 인생의 변곡점을 찾아 군대로

나는 1979년 6월 18일 24살에 입대했다. 충남지역 장정 1,200여 명은 오전 9시 장항중앙초등학교 운동장에 모였다. 인원 점검을 마친 뒤 우리를 태우고 서울로 향할 열차를 타기 위해 장항역으로 향했다. 우리를 태운 열차는 장항을 출발해서 서천과 대천, 홍성, 예산, 천안에서 조치원을 거쳐 논산 훈련소에 그날 저녁 7시경 도착했다. 금강을 건너가면 곧바로 연무대 훈련소에 도착할 수 있었을 텐데 충청남도를 한 바퀴 돌아서 훈련소에 도착했다. 그 이유는 알 리가 없다. 군인은 명령대로 사는 것 아닐까? 그리고 곧바로 현장에 투입되는 것도 아니기 때문이 아닐까? 돌아서 오는 것도 훈련이라면 그렇게 인정할 수 있을 것이다.

나는 논산 26연대에서 40일 동안 훈련을 받고 춘천 102 보충대까지 도착했다. 102 보충대에서 자대로 배치된다. 1주일 정도 102 보충대에서 생활했다. 새벽 4시에 기상해서 온종일 작업만 했다. 102 보충대에 입소하자마자 우리는 작업보충대로 돌변했다. 보충대 옆에 4층 정도 올라간 막사를 짓고 있었다. 우리는 막사를 짓기 위해 벽돌을 지고 4층까지 날라야만 했다. 4층에는 이미 보충대에서 몇 일을 생활하면서 벽돌쌓기 분야에 전문가가 다 된 병사들이 우리가 날라다 준 벽돌로 5층을 올릴 벽을 쌓고 있었다. 군대는 안되는 것이 없는 조직이다.

보충대에서 1주일 넘게 일을 했다. 새벽 4시에 기상해서 그날 목표가 완성된 뒤에서야 잠을 잘 수 있었다. 새벽 4시에 기상해서 밤 12시까지 작업하는 날도 있었다. 이유는 모르겠지만 새벽 4시에 간부가 제시한 하루 작업 목표를 완성해야 했기 때문이다.

생활 여건은 엉망이었다. 식사하면 식기를 닦을 물이 없었다. 영문을 모르겠지만 수도에서 물이 나오지 않았다. 식사 후 10분 정도 걸어가면 춘천댐 쪽으로 흘러가는 강물에서 식기를 씻을 수 있었다. 거기까지 갈 시간이 없으면 연병장 바닥에 모인 빗물을 수저로 떠올려서 식기를 씻었다. 씻는다기보다는 밥풀을 떼어내고 반납하는 것이어서 다음 식사 때 저 식기를 사용해야 한다는 점에서 께름직했다.

하지만 보충대에서 1주일 있는 동안 배탈이 난 적이 없어서 군에서의 생활이 참으로 기이했다. 군대에서 한 장기간의 공사는 첫 경험이었다. 1주일이 지난 뒤 춘천 102 보충대에서 동료들과 함께 화천 사방거리 가렛골에 있는 1280부대에 배치됐다. 보충대에서는 내가 배치된 부대는 100포라고 부른다고 했다. 부대에 도착하자 부대 선임자들은 100포의 특성을 산림이 우거져서 하늘이 100평밖에 보이지 않고 6.25 한국전쟁 때 포탄이 한 발도 떨어지지 않은 대한민국의 7대 요새 중 한 곳이라고 설명했다. 그래선지 여름엔 덥고 겨울엔 추웠다.

100포는 155mm 대포를 운영하는 3군단 직할 포병대대였다. 군단 직할 포병에는 155mm 포병부대인 우리 부대와 주변에 8인치 포 2개 대대와 방공포대 등으로 구성되어 있다. 포병은 대대의 행정과 통신, 식량과 소비품, 수송, 의무, 포탄 등을 담당하는 본부포대, 전투를 준비하는 1, 2, 3포대로 구성돼 있다. 포대는 6개 포반과 수송부, FDC(Fire Direction Center), 통신, 취사반 등으로 구성된다.

우리가 운영하는 대포 제작한 연도는 1942년이었다. 선임자들은 우리 포들은 2차세계대전 당시 태평양 남양군도에서 미군이 사용하던 포라고 설명했다. 그래선지 포신을 잡고 흔들면 덜거덕거렸다. 제대할 즈음에는 155mm 자주포를 개발해서 시험하고 있다는 이야기를 들었다. 포철에 있을 때도 포신을 제작할 수 있는 강철 소재를 개발해 내라는 상부의 지시가 떨어졌다는 이야기를 들은 적이 있었다. 아무튼 포는 그런대로 사격 명중률은 높았다. 그런 만큼 상관도 병사들도 포를 관리하는데 열심이었다.

부대는 여름에는 무척 덥고 겨울에는 추웠다. 여름엔 섭씨 38도까지 올라갔다. 대포를 지탱하는 다리를 가신이라고 한다. 가신 위에 달걀을 터트려 놓으면 계란 프라이가 됐다. 그만큼 더웠다. 아니 뜨거웠다. 그래서 훈련받을 때면 필수적으로 소금을 가지고 다녔다. 겨울에는 영하 38도까지 내려갔다. 작업과 훈련이 계속됐다. 그래도 훈련보다는 작업이 편했다. 날씨가 추운 겨울 훈련은 부대원 간에 친목을 다지는 계기가 된다. 어려운 조건 속에서 훈련하기 때문에 단합하는 자리를 훈련 중에 마련한다. 훈련 중에는 불가능하지만 하루 일과 중 훈련을 마친 저녁 시간에는 막걸리를 한잔하면서 살아온 이야기를 통해 서로 공감하는 시간을 가진다. 그리고 선임병은 후임병에 성공적인 군 생활을 위한 조언도 해 준다. 부대에서는 이런 전통을 선임자에서 선임자로 계승해 간다. 나는 군 생활을 통해서 우리 사회의 다양한 부분들에 대해 간접적으로 경험했다.

5. 155mm 포병부대 생활

나는 호적이 늦게 올려져 동생 같은 선임자들 사이에서 군 생활했다. 화천에서도 한참 가는 산양면 사방거리 민통선 북쪽에 있는 155mm 포병부대에 배치됐다. 민통선에서도 북쪽으로 4km를 더 올라가야 하는 포병부대였다. 몹시 춥고 더운 곳이었다. 겨울에는 영하 38도, 여름엔 섭씨 38도였다. 여름철에 155mm 화포 다리에 계란을 깨놓으면 후라이가 될 정도로 뜨거웠다. 나는 그곳에서 33개월 1주일의 군 생활을 했다.

군 생활하는 동안 우리나라에 엄청난 일들이 일어났다. 10.26, 12.12, 5.17, 5.18, 삼청교육대 등의 사건이 발생했다. 그 이전 우리 사회는 비상상황이었다. 내가 군 생활하는 기간 중에 긴급조치의 상황을 끝내고 정리해 가는 기간이었다. 종합적으로 "서울의 봄"이라고 한다.

10.26사태는 20년 가까이 권력을 향유해 온 박정희 독재정권이 종언을 고한 사건이었다. 그리고 12.12와 5.17, 5.18 사건은 새로운 권력을 창출하기 위한 투쟁 과정에서 비롯한 사건들이었다. 특히, 기득권을 지속시키려는 군부와 이를 끝내기 위한 학생과 인권 운동단체들의 항거는 결

국 많은 피를 흘려야 했다. 이 과정에서 숱한 사람들이 생명을 잃었고 대한민국이라는 이미지도 실추된 것이 사실이다.

79년 여름은 많은 비가 왔다. 전방 포병부대에서는 매일 작업을 했다. 포병은 훈련보다 작업이 많은 것 같다. 거의 매일 밤늦게까지 진지보강 등의 작업을 했다. 군 생활하면서 대부분 훈련보다는 작업을 편하게 생각한다. 훈련은 평가하지만, 작업은 평가하지 않기 때문에 힘은 들지만 덜 피곤한 것이다.

10.26 사태 맞은 새벽은 너무 당황스러웠다. 새벽 4시 넘어서 데프콘 2가 발령된 것이다. 비상 발령과 동시에 완전군장으로 화포가 있는 포상에서 대기했다. 비상 발령이 해제되서 아침식사를 마치고 9시에 연병장에 집합했다. 그때 비상 발령 상황을 알게 됐다. 박정희 대통령이 김재규에 의해 죽임을 당했다는 것이다. 북한이 잘못 생각할 수 있으니 경계를 철저히 하라는 것이다. 비상 상황은 하루도 안 돼서 해제됐다. 내가 군에서 경험한 가장 큰 사건이었다.

이어서 12.12사태가 발생했다. 전방 야전부대에서는 상황 발생을 몰랐다. 턱밑에 휴전선인데 포병부대가 후방인 서울에서 발생하는 일들은 일일이 알 수가 없다. 특히 위에서 이야기하거나 뉴스를 통하지 않고는 알 수가 없다. 당시 군부대에서 뉴스는 KBS만 볼 수 있었다. 신문은 전우신문뿐이었다. 그러니 더욱이 후방에서 벌어지고 있는 상황에 대해서 접할 수 없었다. 간부가 아닌 병사들은 후방 상황을 알 수가 없다. 5.17, 5.18, 삼청교육대 등은 나중에 제대하고 알았다.

5.17, 5.18이 지나고 난 뒤에 전두환 정권은 "국난극복기장"을 병사들에게 하나씩 나누어줬다. 전두환을 중심으로 한 군부가 세상을 평정했

다는 상징이었다. 결국 전두환 세력은 우리를 믿고 평정해 집권을 보장한 것이 아닌가 하는 생각이 들었다. 엄청난 자금이 들어갔을 국난극복 기장은 어디로 갔는지 흔적도 없다. 하지만 민주화 운동의 한 과정이었다고 생각한다. 별로 기분이 좋은 것은 아니지만 사라진 것은 아쉽다.

80년에는 여름에도 유난히 추웠다. 냉해가 온 것이다. 전두환이 구테타로 정권을 잡아 하늘이 격노했다는 이야기가 돌았다. 천읍지애(天泣地哀)의 통고(痛苦)라는 것이다. 10.26사태는 박정희의 20년 독재의 사슬을 끊고 민주화의 대도를 시작하려는 몸트림으로 간주됐으나 미완으로 끝났다. "80년의 봄"은 꿈이었다. 민주화 운동은 그 뒤로도 10년 가까이 계속됐다. 이 기간 동안 많은 젊은이들이 자의든 타의든 민주주의를 위해 세상을 등졌다.

80년 5월이었다. 전방에서는 신문은 조선일보, 방송은 KBS만 볼 수 있었다. 군부대에서 접할 수 있는 광주사태 소식은 불량배 몇 명이 광주에서 소요사태를 일으켰다고 했다. 부대별로 어디에 사용하려는 것인지 모르지만 겨울도 아닌데 참나무로 몽둥이를 몇 개씩 만들어 오라는 지시를 받은 적이 있다. 부대 인근 삼거리에는 삼청교육대 시설이 있었다. 가끔 몇 명이 사망했다는 흉흉한 소문이 돌기도 했다.

6. 군에서의 종교 생활

군 생활 중에 특별한 경험은 군종 일을 본 것이다. 우리 부대는 군단 직할부대라서 부대 내에 군종과 종교시설은 없었다. 군종장교가 없으니 종교가 있는 병사들은 종교별로 모여서 대대본부에 있는 당직 주번 사령에게 보고하고 영외의 각각의 종교시설을 찾아 예배를 드렸다. 군종장교가 있으면 신앙생활을 위해 많은 도움을 받았을 텐데 독립대대에는 군종장교가 없다. 그래서 각 종교에 속한 병사들이 모여 스스로 군종병을 뽑았다. 기독교 군종은 4개 포대에서 오는 기독교인 병사들을 모아서 영외교회로 출발하기 전 당직 사령에게 보고했다.

우리는 강원도 화천군 산양면 산양교회를 다녔다. 산양교회는 우연하게도 우리 집안이 속한 교단인 한국기독교장로회(기장)에 속한 교회였다. 산양교회에는 우리 대대가 속한 군단 직할 포병대대 친구들이 자연스럽게 모였다. 군종장교나 자체적인 예배 시설이 없기 때문이다. 나는 우리 대대의 군종병, 산양교회 학생회 지도교사, 산양교회 청년회장 등을 맡았다. 자진해서 받은 것이 아니라 강요에 못 이겨 넘겨받았다. 하지만 군부대에 메여있는 군인으로서 그것도 장교가 아닌 일반병사가 신앙생활하기에는 제약이 많았다.

그래도 학생회만은 신경을 많이 썼는데 스스로 자괴감이 많이 들었다. 가장 심각한 것은 매주 토요일마다 학생들과 드리는 예배였다. 학생들이 30여명이 모여서 예배를 드렸다. 예배를 드리는데 핵심은 설교였다. 신학을 전공하지 않은 나로서는 넘어야 할 엄청난 벽이었다. 그렇다고 신앙심이 깊어서 성경을 영적으로 풀어낼 지혜도 없었다.

어쩔 수 없이 다른 목사님의 설교를 도용, 인용, 읽고 또 읽어서 자기화시킨 뒤에 뱉어내는 방법으로 학생회 예배 시간을 채워나갔다. 가장 불안했던 것은 예배 중에 면회 온 부모님들이 불이 켜진 교회니까 들어와서 기도하고 예배 중에 나가는 경우였다. 미천한 젊은 현역군인이 성경 지식이 전혀 없이 어설프게 설교하는 것을 뭐라 하며 나가는 것은 아닐까 하는 생각이었다.

나는 대충 시간이 돼서 나갔을 것으로 생각하며 자위했다. 부족한 내가 하늘을 우러러 하나님을 부를 수 있을까? 부족했음을 자임하면서도 무엇인가 채우려 했고 채워야만 했다. 그것이 신앙인의 인생이다. 군에서뿐만 아니라 일반 사회에서도 마찬가지라고 생각한다. 나중엔 "남의 눈치를 너무 의식하지 마라" 이런 생각이다.

우리 대대에서 교회에 다니는 병사들은 대략 60여 명이다, 산양교회는 부대에서 4km 정도, 10리 길을 걸어야 한다. 교회까지의 거리는 젊은 혈기에 문제가 되지 않았다. 하지만 신분이 군인이기 때문에 군인다운 자세를 견지해 달라는 대대장님과 대대 간부들의 주문을 자주 들었다. 독립대대라고 해서 우리만 신작로 길을 이용하는 것은 아니었다. 타

부대 장교들이 지나는 우리를 보고 질서가 없다는 이야기를 많이 한다고 대대 장교들이 지적했다. 이런 이야기는 교회를 다니는 병사들이 모일 때마다 강조했다.

예배자는 4(본부포대, 알파 포대, 차리 포대, 브라보 포대)개 포대별로 모여서 대대본부가 있는 당직 주번 사령실 앞에 모인다. 몇 명의 병사들이 신앙생활을 위해 외출하는지를 당직 장교에게 보고한다. 그리고 주번 사령으로부터 주의 사항을 듣고 다시 나와서 병사들에게 강조해서 전한다. 주번 사령은 주일날이 휴일인 만큼 주변에 이동하는 군부대나 군사령부 고위층과 면회하러 온 가족 등이 많은 만큼 군인으로서 품위를 유지해서 대내외적으로 큰 문제가 발생하지 않도록 하라고 강조한다. 교회와는 거리가 있는 선임자들도 있지만 대체로 잘 들어 주었다.

우리는 항상 4열로 열을 지어 다녔다. 행군 중에는 군가 대신 찬송가를 불렀다. 주로 부른 찬송은 "85장 구주를 생각만 해도", "89장 샤론의 꽃 예수"다. 찬송 85장과 89장은 87년 52세에 소천하신 아버지가 좋아하신 찬송이다. 물론 다른 전우들이 좋아하거나 원하는 찬송도 불렀다.

교회가 있는 지역은 영외지역이고 영외에서 생활하는 간부들이 생활하는 지역이었다. 부대 주변이라 병사들을 면회 온 가족들이 하루를 지낼 숙소가 여러 곳이었다. 부대가 있는 이 지역은 강원도 숲속의 번화가였다. 술집과 여관, 병사들이 병영생활에서 필요한 물품을 공급하는 가게들도 많았다. 지금은 어떤지 모르겠지만 70년대 군사지역인 만큼 병사와 군부대가 지역경제의 한 축을 담당하고 있었다.

주일 아침이면 고참 병사들이 나를 찾아왔다. 교회 갈 때 자신도 교회 다니는 사람으로 신고해 달라고 주문했다. 선임자의 부탁은 안 된다고 할 수 없었다. 안 된다고 하면 나는 매일 밤 선임자들에게 불려 가서 매질을 당해야 한다. 이런 사실을 알기에 선임자들의 부탁을 들어주면서 절대로 사고를 쳐서는 안 된다고 거듭 당부를 강조한다.

선임자들은 교회로 향하는 병사들과 헤어져서는 술집으로 직행하거나 전화 있는 가게로 가서 집이나 여자 친구들과 통화를 하기도 한다. 일등병에 불과한 나로서는 선임병들을 제재할 수 있는 수단은 없었다. 부대에 들어와서 상관들에게 보고할 수도 있지만 그 경우 나머지 나의 군 생활은 피곤할 수밖에 없다.

나는 그래서 선임 병사의 뒤 꼭지에 대고 "사고는 치지는 마세요?" 하고 크게 외쳤다. 그리고 "귀대는 몇 시입니다. 그때까지 이곳에 집결해 주세요." 간절하게 부탁한다. 귀대할 때는 술에 거나하게 취한 채로 집결한다. 술 냄새가 진동한다. 이렇게 취한 병사가 있을 때는 귀대 신고를 나만 주번 사령실에 들어가 신고한다. "교회자 무사히 전원 귀대했습니다."

그래서인지 군종병으로 제대할 때까지 그다지 큰 사고는 없었다. 하나님의 도우심일까? 선임병을 교회에 간다고 외출을 시켜서 부대밖에 끌고 가서는 술집에 보내놓고 별다른 사고 없는 것, 이것이 하나님의 도우심? 아니면 우연? 무사안일의 전형? 다양한 생각거리를 제공한다. 군 생활하면서 느낀 일이지만 군은 비정상이 정상으로 보이도록 하는 곳이다. 적어도 사고가 발생하지 않으면 그렇다. 하지만 사고가 발생하면 정상인 것처럼 보였던 것들이 비정상으로 매몰되는 곳이기도 하다 (2000.3.15.).

7. 자기 이름을 쓰지 못하는 후임병

제대를 2개월 앞두고 있을 때다. 내가 제대하는 그 자리에 후임병을 받았다. 전북 군산지역에서 입대한 친구였다. 키는 작았다. 그리고 학력은 중졸이었다. 그리고 놀라운 일이 있었다. 포대장과 나는 기가 막혔다. 이유는 신입 이등병인 이 친구가 자신의 이름을 못 쓴다는 것이다. 참으로 답답한 일이었다. 이것이 포대장이 나를 부른 이유였다.

포대장은 "권 병장이 제대 2개월 남았으니 그동안 이 친구 한글 마스터시키고 제대해" 한다. 대답은 했지만 답답한 일이다. 그리고 이해가 되지 않았다. 입대해서 자대까지 배치되는 과정을 살펴보면 과정 중에 이 친구가 한글을 못 쓴다는 사실이 충분히 드러났을 텐데 그때마다 그 과정을 어떻게 넘기고 자대까지 배치됐느냐 하는 것이 의문이다. 정말 이해가 되지 않았다.

그래서 나는 그 이등병을 포상으로 끌고 갔다. 그리고 155mm 화포의 잭키(Jack) 봉을 빼 들었다. 155mm 화포는 6,700kg이다. 6 Ton이 넘는다. 155mm 포는 무게 때문에 5톤 포차에 견인해서 이동한다. 포사격

시에는 반동으로 인해서 바퀴를 지면으로부터 띄워야 한다. 띄우지 않으면 고정할 수 없어서 사격 반작용으로 포가 뒤로 밀린다. 이때 포 주변의 병사들이 위험해진다. 포가 진지를 구축하기 위해서는 반드시 포의 바퀴를 지면으로부터 띄워야 한다. 이때 가동하는 것이 잭(Jack)과 자키 봉이다.

포가 진지에 진입하자마자 방열(진지 도착후 사격 준비하는 것.) 위치를 잡는다. 일부는 포가 사격으로 밀리지 않도록 포 가신(포의 다리) 발톱 자리를 판다. 또한 잭으로 포를 들어 올린다. 잭은 좌우 두 명의 병사가 배치되어 자키 봉을 엇갈려 위아래로 들어 올린다. 이때 사용하는 것이 자키(Jack) 봉이다. 봉의 길이는 120cm로 묵직한 강철봉이다. 포병은 보통 가신 발톱 자리를 파는 곡괭이 자루와 잭키 봉은 궁둥이를 친절하게 맞이하는 사랑의 도구였다.

몽둥이로 맞지 않으면 잠이 안 온다고 군에 오기 전 들은 이야기가 현실이 되었다. 70년대 내가 경험한 군 생활은 그랬다. 이때부터 줄 빠다(체벌대상을 줄 세우고 순서대로 체벌하는 행위)라는 것도 사라졌다. 내가 마지막으로 120명 포대원에게 줄 빠다를 친 적이 있다. 하지만 그 일은 힘든 일이다.

어느 주일이었다. 교회를 다녀오면 분대원들이 교회자들을 위해 식판에 식사를 받아 놓는다. 그날은 라면이었다. 불은 라면이지만 맛있게 먹는다. 돌도 먹을 판이다. 식사를 마쳤는데 이등병이 울고 있었다. 왜 우냐고 물으니 밥이 없다는 것이다. 나는 방금 먹었는데 내 식사만 받아 놓은 것이다.

분대별로 중고참들을 불러 모았다. 그리고 몽둥이로 한 대씩 때렸다.

누가 모의해서 교회자들의 식사를 받아 놓지 않았는지를 물었다. 아무도 말하지 않았다. 다시 중고참들을 몽둥이로 쳤다. 계속해서 몽둥이로 칠 계획이다. 한 친구가 일어섰다. 우리 바로 밑에 깃수 병장들이 고참을 제외한 병사들의 점심을 받지 못하도록 했다는 것이다.

우리 동기는 3명이었다. 비가 엄청나게 오는 날이었다. 골짜기라서 비가 내릴 때는 모아서 집중적으로 내리는 듯한 느낌을 받았다. 동기가 모여 이야기를 나눴다. 결론 바로 밑에 기수를 모으기보다는 인사계에 보고해서 전체 얼차례를 하기로 했다.

포대원 120명을 팬티 바람으로 연병장에 집합시켰다. 모두 엎드려 뻗쳐를 시켰다. 그리고 우리 동기 3명이 바로 밑 기수 20명에게 몽둥이로 10대씩 쳤다. 모두 떼굴떼굴 굴렀다. 그리고 나머지 병사 100명에게는 한 대씩 때렸다. 이것이 줄 빠다라는 것이다.

나는 이등병을 데리고 포상에 도착해서 자키 봉을 빼어 들었다. 그리고 이등병을 내 앞에 불러 세웠다. 그리고 "너 이런다고 제대시키지 않는다" "꽤 부리지 마라" 이렇게 엄포를 놨다. 이등병은 엉엉 울면서 정말이라고 했다. 참으로 이해할 수 없는 일이었다. 여러 이야기를 나눴다. 그리고 물었다. "지금 가장 간절한 것이 무엇이냐?"고. 이등병은 "소리 나는 대로 글을 쓰고 표현하고 싶다."고 했다. 얼마나 답답했을까? 몽둥이로 해결할 문제는 아니었다.

한글 자음과 모음을 적어 주고 쓰도록 했다. 일주일 동안 하루 종일 쓰는 연습을 시키고 이어서 "국민교육헌장"을 읽어주면서 들리는 대로 쓰도록 했다. 연습을 반복해서 시켰다. 제대하기 전까지 두 달 동안 계속 했다. 결과는 좋았다. 이것은 내 생각이 아니라 본인의 생각이다. 본인이 간절하면 학습 결과도 만족스럽고 긍정적이라고 생각을 한다.

그런데 글을 모르는 사람이 중학교 졸업장을 받았다는 것을 나로서는 이해할 수 없었다. 한국의 교육 현실은 1등만 알아주고 뒤 쳐진 사람은 잊어버린다. 아니면 이 친구가 특별했나 하는 이해할 수 없는 생각들이 교차했다. 그 친구가 지금은 어찌 지낼지 궁금하다.(2002.06.18.).

8. 답답한 국민교육헌장

국민교육헌장은 1968년 12월 5일 오전 10시에 발표됐다. 내가 초등학교 6학년 때다. 오전 11시에 선생님이 등사한 마분지를 들고 교실로 들어오셨다. 그리고 받아쓰라고 하셨다. 선생님은 나를 부르시고는 옆에 친구를 도와주라고 하셨다. 옆에 앉은 친구는 내가 보기에도 좀 답답할 정도였다.

예를들어 국민교육헌장을 선생님이 불러주면 우리는 '국민교육헌장'을 쓴다. 그 친구는 국, 민, 교, 육, 헌, 장 이렇게 쓴다. 한자씩 쓴다. 전체를 상대하는 선생님이 그 친구를 위해 한자씩 반복해서 읽어줄 수는 없다. 그러니 주변에서 보면 답답할 수밖에 없다. 하루는 선생님이 나를 불렀다. 선생님은 너는 읽고 쓰는 것이 수월하니 옆에 있는 친구를 도와주라고 하셨다. 그리고 그 친구를 내 옆에 앉혔다. 거절할 수 없었다.

그 이후로는 선생님이 불러주면 받아쓰고 그 친구에게 보여줘야 했다. 국민교육헌장도 그렇게 받아적었다. 그리고 선생님이 한마디를 강조해서 하셨다.

사흘 뒤인 12월 8일 중학교 시험에 국민교육헌장에서 3문제 출제된다고 하셨다. 그리고 선생님은 점심시간이 끝난 뒤에 국민교육헌장 쓰기 시험을 보겠다고 하셨다. 사흘 뒤에 있을 중학교 시험에 대비해야 하기 때문이다. 선생님은 중학교 시험에 국민교육헌장에서 3문제가 나오는 것은 중요하다면서 받아쓰기를 강조했다. 실제로 3문제가 나왔다.

나는 집이 가까운 편이었다. 학교 정문에서 바라보면 우리 집이 보였다. 들판을 가로질러 가면 가깝겠지만 그럴 수 없었다. 점심은 집에 뛰어가서 먹고 오면서 국민교육헌장을 암기했다. 그리고 시험을 보는데 그 친구에게 보여줘야 하나 선생님의 생각을 듣고 싶었다. 선생님은 보여주지 말라고 하셨다. 나는 그렇게 했다. 참으로 안타까운 일이다. 초등학교 졸업 후 나는 홍산중학교에 입학했고 그 친구는 그 이후 소식을 듣지 못했다.

당시 서울에서는 중학교를 추첨제로 배정했다. 처음으로 시행되는 제도였다. 옆에 친구는 추첨제를 노리고 서울로 전학을 갔다 다시 온 친구였다. 규정을 잘 몰랐던 것 같다. 서울에서 다시 내려온 이유는 학생과 부모가 1년 이상 서울에서 거주해야 하는 조건 때문이었다. 이 친구도 이름 못쓰는 병사처럼 교차하는 친구다.

국민교육헌장

우리는 민족중흥의 역사적 사명을 띠고 이 땅에 태어났다.

조상의 빛난 얼을 오늘에 되살려 안으로 자주독립의 자세를 확립하고

밖으로 인류 공영에 이바지할 때다.

이에 우리의 나갈 바를 밝혀 교육의 지표로 삼는다.

성실한 마음과 튼튼한 몸으로 학문과 기술을 배우고 익히며

타고난 저마다의 소질을 계발하고 우리의 처지를 약진의 발판으로 삼아,

창조의 힘과 개척의 정신을 기른다.

공익과 질서를 앞세우며 능률과 실질을 숭상하고 경애와 신의에 뿌리박은

상부상조의 전통을 이어받아 명랑하고 따뜻한 협동 정신을 북돋운다.

우리의 창의와 협력을 바탕으로 나라가 발전하며

나라의 융성이 나의 발전의 근본임을 깨달아

자유와 권리에 따르는 책임과 의무를 다하며 스스로 국가 건설에 참여하고

봉사하는 국민정신을 드높인다.

반공 민주 정신에 투철한 애국 애족이 우리의 삶의 길이며

자유세계의 이상을 실현하는 기반이다.

길이 후손에 물려 줄 영광된 통일 조국의 앞날을 내다보며

신념과 긍지를 지닌 근면한 국민으로서 민족의 슬기를 모아

줄기찬 노력으로 새역사를 창조하자

1968년 12월 5일 대통령 박정희

나는 개인적으로 국민교육헌장의 내용에 긍정적이다. 잘 정리된 글이라고 생각한다. 박정희라는 인물에 대한 부정적인 생각보다는 그 취지에 동의한다. 국민교육헌장은 교육의 역사성과 현재와 미래를 잘 정리한 것이라는 생각이다. 정말 새역사를 창조해 가는 우리 민족의 은근함과 도전적이고 진취적인 생각을 함축적으로 표현한 것이라는 생각이다(2024.12.05.).

9. 군은 나를 불효자로 만들었다

얼마 전 입대 2개월 된 군인이 선임 병장과 상병을 쏘고 자신에게도 쐈으나 의식불명인 채로 병원에 입원했다. 그는 내성적이긴 했지만 착한 사람이었다고 한다. 군은 사나운 자만 살아남는 곳인가? 그것은 아닐 것이다. 사람을 그렇게 표현해서는 안 된다는 것이다. 누군가 욕심을 부리기 때문에 균형이 깨지는 것이다.

우리 할머니는 1980년 6월 22일(양력) 소천하셨다. 내가 군에 갈 적에 할머니와 아버지 어머니 동생들과 함께 아버지께서 시무하시던 보령시 성주면 성주교회 앞마당에 있는 화단 앞에서 사진을 찍었다. 아직도 빛바랜 사진이 할아버지 할머니 사진 옆에 걸려 있다. 내가 군에 가기 전에 유일하게 찍은 사진이다. 그 사진을 찍을 때가 입대 하루 전인 1979년 6월 17일이었다.

나는 사진을 찍고 대천 시외버스터미널에서 버스를 타고 집결지인 장항으로 갔다. 어머니가 성주에서 대천까지 바래다주었다. 어머니로부터 배웅받기로는 군 입대할때가 처음이라고 생각한다. 장항역에서 기차를 내려 장정들 집결 장소인 장항중앙초등학교 가까운 곳에 숙소를 잡았다. 여관에는 나 외에도 여러 명이 있었다. 일단 가까운 이발소에 가서 장발인 내 머리를 삭발했다. 각오는 했지만 눈물이 하염없이 흘러내렸다. 누구나 비슷한 경우이겠지만 머리 삭발하면서 눈물을 흘린 것은 처음이다.

나는 1979년 6월 18일 오전 9시 충청남도 장정들이 집결하는 장항중앙국민(초등)학교에 갔다. 숙소에서 철길만 건너면 학교였다. 운동장에 도착해서 보니 앞날이 깜깜했다. 내가 아는 얼굴은 한 명도 없었다. 이게 군대란 곳이구나 하는 감정이 폐부로 엄습해 왔다. 그런데 나는 아무리 군이라고는 하지만 엄청난 비정상을 경험했다.

할머니는 내가 군에 입대한 뒤 만 1년 정도 지난 1980년 6월 22일 소천하셨다. 나는 우리 집안 장손이다. 그렇지만 나는 할머니의 임종을 지켜드리지 못했다. 아버지께서 면장을 통해 관보를 17차례나 부대로 보내셨다고 했다. 그러나 군부대는 할머니가 소천하신 뒤 1개월이 지나서 나한테 알렸다. 당시 내가 근무하던 군부대는 ATT(Army Train Test)를 준비하고 있었다. 할머니가 임종 시에는 훈련에 돌입한 상태였다. 포대장 입장에서 ATT는 승진을 좌우하는 중요한 훈련이었다. 포대장은 1명의 결원도 없이 훈련에 참여하는 것을 원칙으로 했다. 병사의 조모상은 고려하지 않았고 오직 자신의 승진만이 중요했을 것이다. 자신만이 중요하고 부하의 가정사는 대수롭지 않게 여긴 것이다.

이런 장교가 나라를 위해서 일한다고 볼 수 있을까? 자신을 위해서 부하는 물론 나라조차도 도구나 수단으로 인식하지 않았을까. 자신의 승진을 위해서는 부하의 생명을 아랑곳하지 않는 그런 군인이 아닐까.

교과서에서 배운 강재구 소령과 같은 참군인은 드물다.

지금 총기사고를 보고 30년 전 군 생활을 생각하는 것이 외람된 일인지도 모르겠다. 사고의 원인은 시간이 좀 지나야 알 것 같다. 군 징집대상자를 선발할 때 사회 적응능력 등을 고려해서 입대시켜야 하지 않을까? 그래야 군의 힘을 강화할 수 있지 않을까 생각한다. 현대전은 양적인 것이 아니라 질적인 수준 향상이 중요하다고 생각한다. MBTI(자기 보고식 성격 유형 검사 도구)를 검사해서 집단생활에 문제가 있는 장정은 군보다는 산업현장으로 보내서 군 복무기간을 2배로 늘리고 (월급을 받고 출퇴근하기 때문) 군을 면하도록 하는 것이다.

앞으로 우리 사회에 어떤 일이 발생할지 모른다. 장병은 육체적인 것은 물론 정신적으로 건강할 때 우리 전체 군도 건강해지고 강력해진다. 이런 장병으로 채워질 때 우리의 미래도 건강해지는 것 아닐까? 이런 관점에서 본다면 지금 너무 늦은 감은 있지만 이제부터라도 군을 구조적인 개혁에 앞서 장정의 질적인 수준을 높여야 한다. 그럴 때 최근과 같은 총기사고를 막을 수 있을 뿐만 아니라 자질과 함량이 미달하는 장교를 위해 수억원의 세금을 낭비하는 일은 없을 것이다. (2006.08.11.)

벗어남의 착각

1. 나는 간판을 따러 대학에 갔다

나는 1982년 2월 육군 포병을 만기 전역했다. 당시 군부대의 병역 기간은 점진적으로 줄어들고 있었다. 내가 속한 부대는 3군단 직할 포병이었다. 3군단 직할 포병은 내가 속한 155mm부대와 2개 8인치 포병대대, 그리고 방공포대로 구성됐다. 우리 부대 위치는 7사단과 15사단의 중간에 중첩지역이었다. 그런데 제대할 즈음에 7사단의 장교 한 명이 월북하는 사건이 발생했다. 잘 지내온 나의 군대 생활에 엄청난 큰 변화가 엄습했다.

월북사건으로 나의 군 복무기간이 연장된 것이다. 장교 한 명의 월북사건이 나에게까지 피해가 엄습해 온 것이다. 비상 상황이 벌어졌다. 제대를 앞두고서는 눈앞을 오락가락하는 하루살이마저 조심할 정도로 조심에 조심을 거듭하는 시기인데 장교 월북 사건이라니 운도 참 더럽게 없다. 우리 부대가 아닌 다른 부대 사건으로 인해 잔뜩 기대해 온 제대가 연장된 것이다.

월북 사건으로 제대가 늦춰진 나는 계획을 수정해야 했다. 다행히 그

기간은 길지 않아서 보름 정도 연장되는 것으로 상황은 끝이 났다. 나는 부대에서 나와 꿈에 그리던 서울로 들어와서는 문래동에 있는 부대에 신고하고 방배동 작은 집으로 돌아왔다. 그 부대 이름은 아쉽게도 내가 기억을 못하고 있고 부대 자리에는 아파트가 들어섰다.

나는 비로소 군복을 벗고 사회인이 되었다. 이제부터는 나의 신분 세탁 작업이 필요했다. 그래서 간판을 따기로 했다. 공부가 목적이 아닌 간판을 목적으로 해서 대학을 선택하고 다녔다. 1983년도다. 정상적으로 다녔으면 74학번이다. 학교는 홍익대학교 상경대학 경영학과, 졸업하고 무엇인가를 해보고 싶었다. 입학할 때는 입학장학금을 받았다.

장학금을 계속해서 받으려면 B학점 이상을 유지해야 한다. 하지만 그것이 어려웠다. 데모하는 친구들을 외면할 수 없었기 때문이다. 학교에는 나와 비슷하게 군을 다녀와서 대학에 들어온 친구들이 있었었다. 사정이 비슷한 것은 아니지만 다양한 이유가 있었다.

간판을 따러 대학에 다녔지만 따고 나니 허전했다. 대학 다니면서 자격증을 확보하려고 했다. 하지만 고등학교를 졸업하고 9년 만에 강의실 들어가니 강의는 자장가로만 들렸다. 정신을 차려보지만 크게 진전은 없었다. 대학 졸업장 즉 간판 따는 목적에 충실하기로 했다. 하지만 졸업 때가 되니 친구들 따라 여기저기 취직하려는 노력도 했다.

2. 결혼은 혼자 하는 것이 아니다

나는 대학 4학년 시절인 1986년 9월 27일에 결혼했다. 결혼식장에 들어서기까지 정말 다양한 사건들이 있었다. 사건은 당사자 간에, 그렇지 않은 사건들이 있었다. 이러다 결혼 못할 수도 있겠다 하는 사건들이 있었다. 나는 이럴 때마다 어차피 나는 비혼주의자 아니었던가? 스스로 위로했다. 그래도 결혼을 이야기하던 상대가 있고 순탄하게 진행되어 가는가 싶다가도 돌출사건이 앞을 가렸다.

우리는 86년 4월 종로 2가 서울YMCA 자운방에서 약혼식을 했다. 약혼식 예배는 인명진 목사님이 사회를 봐 주셨다. 사진 찍는 친구가 늦게 와서 사진이 없는 약혼식이었던 것을 제외하고는 잘 이루어진 약혼식이었다. 사실은 약혼식 없이 결혼식으로 직행하려고 했던 것이 나의 계획이었다. 어느 날 장모님이 보자 하신다는 연락을 받았다. 당시 나는 방배동에 살았고 처가는 장위동이었다. 대학 4학년 때라 결혼도 그렇지만 취직에 집중하던 때다.

나는 장위동 처가에 급히 갔다. 식사를 마치고 나서는 장모님께서 사주단자를 교환해야 할 것이 아니냐고 여러 차례 강조하셨다. 나는 절망적이었다. 목회자인 아버지께서 사주단자 교환을 쾌히 허락하시지 않을뿐더러 그 결혼 집어치우라 하실 것 같았다. 부모님께는 사주단자 교환하자는 장모님의 말씀은 전하지 않고 혼자 고민했다. 내가 해결할 수밖에 없었다. 어느 날 사주단자를 꼭 해야 하는지, 아니면 다른 방법은 없는지를 장모님께 말씀드렸다. 장모님은 다른 방법으로 약혼식을 말씀하셨다.

나는 부모님께 사주단자의 "사"자도 거론하지 않고 약혼식 날짜를 잡아달라고 말씀드렸다. 이런 사실은 처음 공개하는 이야기다. 이렇게 해서 약혼식을 가졌다. 그런데 갑자기 여러 일이 생겼다. 가장 큰 문제는 약혼식에서 결혼 날짜까지 대충 잡았는데 짝꿍이 공장에 가서 일해야 하니 결혼을 연기하자는 것이었다. 당시 영등포산업선교회 직원들은 목회자에서부터 모두 구로공단이나 주변 공장에 가서 6개월에서 1년 동안 공장 생활하는 것이 관례였다. 그래선지 공장에 가는 것이 결혼보다 중요하다고 했다. 아무리 설득해도 고집을 고수했다.

우리는 하는 수 없이 결혼하지 않기로 합의했다. 그래도 나는 억울했다. 결혼은 사랑이라는 감정을 앞세우는데 지금까지 그 사랑이라는 단어는 허위였다고 악을 썼지만 먹혀들지 않았다. 원래 비혼주의자였던 자신이 오히려 초라해 보였다. 그리고 자존심도 상했다. 헤어져 집으로 오는데 마침 빨간색 우체통이 보였다. 우체국에 들어가서는 우편엽서 30장을 샀다. 그리고 집에 가서는 앞면에는 장위동 처가 주소와 우리 집 주소를 모두 썼다. 그리고 뒷면에는 이렇게 썼다.

"우리는 오늘 자로 헤어졌습니다.

그러니 잘 사시오. 그리고 다시는 만나지 맙시다.

영원히 잘 사시오". 라고 썼다.

그리고 우편엽서를 하루에 한 장씩 우체통에 넣었다. 일주일쯤 지났을 때 처형이 전화가 왔다. 우편함에 있는 우편엽서를 처형이 봤는가 보다. 자연스럽게 처가의 온 가족이 알게 됐다. 약혼식까지 했는데 파혼이라니. 전화 내용은 "엄마가 마지막으로 보자 하시니 집에 한 번만 들러달라는 것"이었다. 나는 완강히 거부했다. "헤어지기로 했는데 다시 무슨 낯으로 뵙겠냐"고 거부했다. 처형은 "동생이 아닌 엄마는 만날 수 있는 것 아니냐"고 했다. 나는 거부만 할 수 없어서 장위동 처가로 갔다.

장위동 처가에 들어서니 장모님과 처형이 맞아주셨다. 짝꿍은 집에 없었다. 아무것도 모르고 출근한 모양이다. 안방에 들어서니 밥상이 차려있었다. 장모님과 겸상했던 것으로 기억한다. 장모님은 많은 말씀을 하셨는데 요지는 "내가 딸년을 잘못 가르쳤으니 나를 봐서라도 끝낸다는 말 하지 말고 결혼해 줘라. 그 이후는 내가 잘 하도록 하겠다" 라고 하셨다. 나는 말씀을 듣고 거절만 할 수 없어서 "그럼 기다리겠습니다" 라는 말을 남기고 처가를 나왔다. 이런 과정을 거쳐 우리는 결혼을 했다. 결혼 날짜는 예정한 대로 1986년 9월 27일이었다. 장소는 종로 5가에 있는 기독교 백주년기념관이다.

결혼을 준비하기 위해서 어머니가 목회하시던 아버지 교회를 떠나 결혼 보름 전에 서울 방배동 집에 오셔서 결혼 준비를 하셨다. 나는 결혼 전 CBS가 아니라 조그만 광고회사를 다녔다. 하루는 방배동 집에 계신 어머니한테서 회사로 전화가 왔다. 안기부에서 전화가 왔는데 "안기부에

당장 출두하지 않으면 결혼식장에 병력 1개 중대를 보내 쑥대밭으로 만들겠다"고 했다는 것이다. 집에 가보니 어머니는 벌벌 떨고 계셨다. 이런 협박은 결혼 전날까지 계속됐다. 나는 특별하게 잘못이 없는데 무슨 일인가? 그 이유가 궁금했다. 숙부는 그때 홍콩에 계셨다. 하지만 날짜가 잡혔으니 안기부 가기보다는 식장으로 가기로 했다. 나는 결혼 전날 집에 들어가지 못하고 종로5가 여관에서 잤다. 동생이 여관으로 가지고 온 예복을 입고 결혼식을 마쳤다.

결혼식 과정에는 아무런 일도 발생하지는 않았다. 제주도로 가려던 신혼여행은 행선지를 바꿨다. 우리 부부는 김포공항으로 향하다 인공폭포까지 고등학교 동창들과 갔다. 그리고 그곳에서 머무르다가 제주도가 아닌 강릉으로 가서 강릉 비치 호텔에서 하루를 보냈고 다음 날에서 소금강으로 갔다. 그곳에서 2박3일의 일정을 보냈다. 그리고 방배동 집으로 돌아왔다. 그때까지 아무 일도 일어나지 않았다.

문제는 그 다음 날이었다. 집사람과 함께 출근하는데 갑자기 검정색 포니 차 두 대가 나를 덮쳤다. 나를 차량 뒤에 태우고서는 어딘가로 갔다. 그들은 이렇게 말했다. "여기는 퇴계로 안기부 청사다. 권주만 너는 운이 좋다. 안기부가 현재 만원이다". 그리고 서는 안기부 지하를 돌더니 퇴계로 길가에 있는 어느 건물로 나를 끌고 갔다. 내가 그곳에서 조사받고 나올 때 봤는데 아스토리아 호텔이었다.

그때는 박종철 사건이 발생한 지 얼마 안 돼서다. 나는 아스토리아 호텔 1층 103호실인가로 끌려갔다. 그 안에는 1인용 베드가 2개 있었다. 김과 권 안기부 요원은 베드에 누웠다. 나를 탁자 앞에 앉히고 뒤에는 군복을 입은 요원이 나를 지켰다. 혹시 졸기나 하면 등짝을 곤봉으로 후려

쳤다. 공포의 연속이었다. 탁자 위에는 마분지가 50cm 가까이 쌓여있었다. 그리고 볼펜 두 자루를 주면서 쓰라는 것이다. 무엇을 쓰라는 것이냐고 되물으면 생각나는 대로 쓰라고 했다. 아마도 지침이 상부에서 아직 구체와 되지는 않은 모양이었다.

나중에 안 일이지만 누군가가 숙부인 권호경 목사님이 나에게 많은 돈을 증여했다는 사실을 제보했다는 것이다. 아마도 내가 방배동 작은 아버지 댁에서 신혼생활을 하니 그런 오해를 하거나 정보당국이 꾸민 것이 아닌가 하는 생각을 했다. 나는 그런 증여 받은 적이 없다. 오히려 계약서를 작성하지는 않았으나 그 당시 나로는 거금을 전세금으로 작은 집에 지급했다.

아무튼 방울방울 떨어지는 욕조의 물방울 소리가 방안을 공포스럽게 울렸다. 그 공포스러운 물방울 소리는 내 몸에 소름으로 밀려왔다. 침묵 속에 심리적인 공포가 총칼을 든 공포보다 더욱 공포스러웠다. “탁” 치니 “억”했다는 박종철 사건이 나에게도 엄습해 왔다. 정보원들은 무조건 마분지에 쓰라는 것이다. 나는 아무것도 쓸 것이 없다고 버텼다. 나중에는 위에서 한 이런 이야기를 불러주었다. 나는 그런 사실이 없음을 밝히면서 거부했다. 그런데 조서를 쓰는데 상상해 보라고 거듭 거듭해서 강조했다. 조서는 상상해서 쓰는 것이 아니라 사실에 입각해서 쓰는 것 아니냐고 버텼다. 아 운동권 사람들이 불려 와서 고문과 이런 압박으로 자신들이 목적한 조서를 이렇게 받아내겠다 싶었다.

나는 그렇게 1주일 정도를 잡혀있었다. 출근하니 사장이 불렀다. 한마디로 해고 통보였다. 너하고 같이 일하고 있다는 소문이 돌아 많은 곳에서 전화 온다고 했다. 나는 더 이상 그 회사에 있을 수 없어서 사직하고 나왔다. 사실상 해고당한 것이다. 정말 그런 전화가 왔는지 모르겠지만 소심한 인간들이 겁은 먹었을 것이다.

우리가 결혼할 때 친가와 처가 양쪽 가정에 갑작스럽게 결혼이 한 건씩 발생했다. 큰처남은 동생이 나보다 일찍 결혼할 수 없다며 6월에 결혼식을 올렸다. 그리고 내 동생은 한 살 더 먹기 전에 결혼한다며 86년 12월 31일 결혼식을 올렸다. 내가 결혼하기만을 기다렸을 것이다. 혹시 내가 비혼주의자였음을 알았다면 동생은 기겁했을 것이다. 그리고 내가 비혼주의자였다 결혼을 결심한 것이 동생의 영향 이란 점은 밝히고 싶다.

어쩌면 우리가 이렇게 결혼한 것은 장모님의 깊은 이해와 지혜, 그리고 응원이 함께했기 때문이라는 생각을 하며 뒤늦게 감사드린다.

3. CBS가 나를 품어 주었다

CBS와의 인연은 별로 없었다. 내가 태어나고 자란 부여 옥산 비홍리는 라디오 방송이 잡히지 않는 지역이었다. 5,60년대 라디오 방송 가청이란 고급스러운 단어는 생각조차 할 수 없었다, 우리 집에 당시 PANASONIC RADIO가 있었다. 묵직했고 그 크고 값비싼 배터리를 품어야 비로소 귀신이 들어있는 것 같은 소리를 내뱉었다. 신통방통한 물건이었다. 그런데 그보다 소리가 더 좋은 것이 나타났다.

그것은 지서(지금의 파출소에서 다시 지구대로 변경)에서 12시 오포(오정포(午正砲)의 준말-정오를 알려주는 포를 대신에 울린 싸이렌) 즉 싸이렌(Siren)을 불면 거의 동시에 들려주는 케이블 라디오다. 소리가 그렇게 깨끗하지는 않았다. 그래도 바람맞은 쇠소리와 바람에 그을린 소리 내는 라디오 소리보다는 나았다.

채널이 좀처럼 잡히지 않는 라디오 소리는 없어서 듣는 것이지 정갈한 소리를 집중해서 듣지 않으면 무슨 소린지 알 수 없다. 그보다 케이블 라디오는 맑디 맑은소리였다. 라디오는 12시 뉴스를 마치면 저절로 소리는 사라졌다. 케이블 라디오가 저절로 끊어졌다는 것이 이상한 단정이기도 하지만 말이다.

그런데 어느 정도 지나서는 시간대를 정해서 케이블 라디오 방송이 나왔다. 동네 친구 형은 라디오를 들으면서 밤을 새워 공부하다 벼락에 맞아 사망했다. 한여름이었는데 장대비와 함께 천둥, 번개가 밤새 하늘과 땅을 오가던 밤이었다. 공부를 잘하던 형이었는데 친구 집안은 물론 동네 어른들이 무척 안타까워했다.

지서에서 KBS 방송을 잡아서 전신주를 세우고 망을 구성해서 라디오 방송 난청 지역에 방송을 송출했다. 이때 전신주를 세우고 삐삐선으로 망을 구성하고 하는 업자들이 있었다. 이들이 TV시대가 되면서 TV 난시청 지역으로 네트웍 즉 망을 구성해서 공중파 방송을 송출했다. 이것을 RO라고 했다.

RO(Relay Operator) 중계 유선방송사, 지역을 중심으로 방송 영역이 좁아서 영세를 면치 못했다. 그러던 것이 SO(System Operator)는 종합유선방송사로 발전했다. NO(Network Operator)는 전송망 사업자다. RO는 방송과 망을 함께 운영했다. 방송은 공중파를 주로 받아 내보냈지만 영세했다. 그러던 것은 방송사업자와 망사업자로 구분했다. 그러다 망사업자가 방송사업으로 영역을 넓힌 업자도 있다. 대표적인 곳이 KT다.

나무로 된 전신주를 타며 라디오 전선, 소위 삐삐선을 깔았던 사람들이 TV 케이블 까는 일까지 진출한 것이다. 이들은 상당 기간 우리나라 케이블 방송을 장악했다. 하지만 인터넷 방송과 유튜브 방송이 등장하면서 과거의 풍요 보다는 점차 쇠락해 가고 있다.

이제는 케이블 라디오나 케이블TV도 점차 옛이야기가 되어 가고 있다. 방송도 너무나 다양해져 있다. 스트림 네트웍의 경우 전 세계 방송사는 물론이고 개인들이 내보내는 음악을 취향에 맞춰 즐길 수 있는 세상이다.

이때 우리 집에 있는 PANASONIC RADIO는 나의 밤 친구였다. 우리 집은 부여군 옥산면 홍연리 비홍산 자락에 위치하고 있었다. 그때마다 아버지한테 혼이 났다. 조그만 놈이 북한 방송 듣는다고 나는 들은 적이 없는데 무슨 말씀인지 알 수가 없었다. 하루는 새벽까지 점검 차원에서 CBS를 들었다. 참 신기한 것은 새벽 12시 CBS 방송이 끝나자마자 같은 라디오 채널 위치에서 북한 방송이 나오기 시작했다. 나중에 안 일이지만 CBS가 북한 방송을 막기 위해 방송하는 것이었다. CBS는 점차 방송시간을 늘려 종일 방송 체제로 갔다. 방송사들이 24시간 방송 체제로 들어간 것도 있지만 북한 방송을 막기 위한 정책인지도 모르겠다.

CBS에 입사하기 전 CBS와의 연은 청취자 이상도 이하도 아니었다. 대학 4학년 때의 일이다. 당시 CBS의 사장은 김관석 목사님이었다. 어느 날 CBS 사장이신 김관석 목사님과 지하철에서 마주쳤다.

김 목사님은 "권 군 요즘 뭐해",

"요즘 취직하려고 여기저기 원서 넣고 있습니다." 했더니

"아 CBS도 직원 채용하는데" 하셨다.

나는 그때 김 목사님이 CBS의 사장이라는 사실을 알았다. 그때까지 김 목사님이 KNCC 총무로만 알고 있었다. 신문을 찾아보니 CBS의 기자 모집이 있었다. 원서를 냈고 과정을 거쳐 CBS에 입사했다. 1986년 11월 20일 대학 4학년 때다. 당시 CBS는 전두환 정권의 언론 탄압으로 광고와 뉴스 방송을 할 수 없었다. 정말 어려운 때였다. 선배들이 전두환

정권의 언론 통폐합에 따라 KBS로 옮기거나 퇴직당했다.

김관석 목사님과의 연은 70년대 고교 시절로 올라간다. 73년 남산 부활절 사건 이후 김관석 목사님과 서울제일교회 박형규 목사님, 숙부이신 권호경 목사님, 감리교의 김동완 목사님은 매번 긴급조치 같은 혐의로 서대문형무소에 가시는 일이 잦았다. 교회에서 손이 모자라면 나를 찾았다. 주로 목사님들이 형무소 안에서 보시는 책들을 넣어드리는 일이 었다. 20여 권을 들고 가서 김관석 목사님 방에 넣어드리고 김 목사님 방에서 나온 책을 박형규 목사님께 넣어드리는 방식으로 모두 처리하면 나중에는 20여 권의 책을 들고 오면 되는 일이다. 문제는 줄을 서서 기다리는 일이 만만치 않았다. 날씨가 더운 여름이나 추운 겨울에는 날씨의 핍박은 대단했다. 이때부터 김 목사님이 나의 이름을 기억하는 계기가 되었을 것이다(2000.3.05.)

4. 기억은 아픔이다

나는 2014년 12월 31일 30년 가까이 헌신했던 CBS를 사직했다. 이제 9년이 되어 간다. 자주 만나는 사람들은 초중고교 대학과 대학원 석박사 과정을 거치면서 연을 맺은 사람들보다 출입처에서 만났던 사람들 그리고 서울대 ACP((Art & Culture Program for Creative Leaders) 과정에서 만난 사람들이다. ACP과정 사람들은 매월 날짜를 잡아 만난다. ACP과정은 1년 과정이다. CBS 직원들은 거의 만나지 않았다. 가끔 애경사로 연락이 오면 마다하지 않고 참석했다. 그리고 CBS 퇴직자들의 모임인 CBS 사우회에는 참여하고 있다.

나는 사회복지사다. 현재 일하고 있는 분야가 사회복지 영역이다. 사회복지 영역 중에서도 장기요양 분야의 주·야간복지와 방문요양·방문목욕을 포함해 운영하는 목동중앙데이케어센터 대표/센터장이다. 데이케어센터를 시작한 것이 2015년 12월 4일이니까 거의 8년을 했다. 조금 지나면 9년째가 시작된다.

2000년쯤 개설된 CBS 홈페이지 ID가 "today2010"이었다. 2010년까

지 하루하루를 오늘(Today)처럼 일하다 다른 직종으로 전업하는 것이 목표였다. 사회복지 영역에서 일하는 집사람의 도움을 많이 받았다. 퇴직 후 나의 목표는 집사람의 간섭으로부터 멀리 피하는 것이 최우선이었다. 그래서 사회복지 분야에 관심은 많았지만 주저했다.

CBS가 IMF 때인 1998년 CBS 대전방송을 허가받았다. 방송 개국 준비팀 일원으로 선택되어 1998년 11월 대전으로 갔다. 발령받은 대전으로 가서 숙소를 잡고 대전방송에 출근을 시작했다. 방송국은 이미 발령받은 기술국 엔지니어들이 각종 방송 장비를 설치해 방송국 모습을 갖춰가고 있었다. 방송 송출시설인 주조정실과 방송 제작을 위한 다양한 스튜디오, 송신소가 거의 완성되어 있었다. 내가 맡은 부분인 보도·편성 분야에서는 가장 시급한 것은 CBS대전방송 라디오의 청취율을 높이기 위해 채널을 홍보하는 일이었다.

CBS 대전방송의 체널은 FM 91.7이었다. 이미 극동방송이 20년 전에 진입한 상황이어서 어려움이 많았다. 자주 들은 말은 이미 기독교방송인 극동방송이 있는데 CBS 기독교방송이 왜 왔는지 이해할 수 없다는 반응이었다. 그럼에도 우리는 채널 홍보를 위한 행사에 진력했다. 우선은 우리 방송의 주 청취층이라고 할 수 있는 기독교인을 대상으로 한 행사에 집중했다. 복음성가 축제, 교회 방문, 길거리 캠페인 그리고 언론사를 대상으로 기자회견을 했다. 교회를 방문할 때마다 교인들로부터 특히 장로님들로부터 기독교방송이 왜 뉴스를 하느냐 하는 문제였다. 그때마다 이렇게 설명했다.

설문조사를 해보면 기독교방송 청취자의 대부분은 비기독교인이다. 그들의 80% 이상은 뉴스를 듣기 위해 CBS를 선택한다. CBS에서는 이

점을 방송편성에 반영한다. 방송을 들어 보면 뉴스 앞뒤에 1분기도, 1분 찬송, 1분 메시지 등 짧게 편성해서 뉴스를 듣기 위해 채널을 선택한 청취자에게 말씀을 접할 수 있도록 한다. 짧은 메시지이지만 1분 기도 등을 듣고 목회자가 되신 분들이 대전뿐만 아니라 전국에 계시다. 이들 대부분은 기독교인이 아니었다는 것이다. 목사님들이 CBS에서 방송 설교를 하더라도 반응이 거의 없는 이유다. 반응에 취하면 안 된다. 반응 없는 다수를 하나님 앞으로 인도하는 방송이 돼야 한다. 그 방송이 CBS다. 뉴스를 한다고 해서 문제가 될 일은 아니니다. 뉴스를 안 해서 문제 되는 것 아닌가? 이렇게 설명하면 반기를 들던 장로님들이 설득력 있는 말씀이라며 동의하시고 적극적으로 지원해 주셨다.

우여곡절 끝에 CBS 대전방송은 1998년 12월 21일 개국했다. CBS가 대전에 방송국을 정부에 신청한 것이 1968년이다. 그때마다 각종 이유를 들어 허가가 무산됐다. 하지만 30년 만에 CBS 대전방송이 설립된 것이다. 나는 총무팀장 겸 보도제작국장으로 발령됐다.

5. 큰 아들 순형이 고등학교에 입학하다

요즘 설래임을 감출 수 없는 기분이 계속되고 있다. 첫째는 큰 놈이 중학교를 졸업하고 고등학교에 입학하기 때문이다. 나는 31년 전 충남 부여에서 서울에 올라와 숙부댁 등에서 고등학교를 다녔다. 그래도 의지할 어른이 계셨다. 가끔 내가 좋아했던 할머니도 시골에서 서울에 오셔서 계실 때가 있었다. 하지만 순형이는 경우가 좀 다르다. 그것이 마음에 좀 걸린다. 순형이가 선택한 학교는 전남 담양에 기숙형 학교인 한빛고등학교다. 생활을 기숙사와 강의실과 도서관에서 한다. 하루 식사는 구내식당에서 한다.

영등포 당산동에 있는 성문밖교회에 다니던 부부가 한빛고등학교의 기숙사 사감으로 있다. 부부의 아이들도 그 학교를 졸업하고 서울에 있는 SKY대학에 진학했다. 나는 좀 미덥지 않았는데 집사람은 학교에 대해서 이들 부부로부터 많이 들은 듯하다. 일단 궁금해서 우리 4식구가 다녀오기도 했다. 들판 산기슭에 자리를 잡고 있는 학교가 안정된 분위기였고 전형적인 시골, 농촌학교다. 논과 밭이 있는 들판 한가운데에 건물이 옹기종기 모여 있다. 학교 입구인 교문에 들어서자 마주한 큰 건물에서 학교의 전반적인 현황을 들을 수 있었다. 궁금한 것은 기숙사 내부였다. 기숙사 안에 들어가 보았다. 혈기 왕성한 젊은 아이들이 생활하는 공간이어서 대략 정리한 구석은 보였지만 혼란스러웠다. 기숙학교인 만큼 기숙사와 교실이 붙어 있었다. 학생들은 슬리퍼를 신고 기숙사와 교실을 오갔다. 처음에는 다소 불안하기는 했지만 설명을 들으면서 안심이 됐다. 아는 사람이 사감으로 있어서 더욱 믿음이 들었는지도 모르겠다.

그럼에도 아이가 적응할 수 있을지 맘이 놓이지 않았다. 전국에서 모인 아이들과 물설고 낯이 설은 지역에 혼자 떨어져서 공동생활해야 한다. 성격이 모나지 않으니 친구들과 어울리고 생활하는 데는 큰 문제는 없을 것 같기는 하다. 문제는 공부를 제대로 할 것인지 걱정스럽다. 집에서도 공부보다는 게임에 빠졌던 아들이다.

하지만 설명으로는 학교가 공부하는 분위기라고 하니 믿어 보는 수밖에 없다. 친구들이 공부하면 아들도 따라 하겠지 생각했다 게임에 더욱 자유롭게 빠지는 것은 아닐까? 스스로 물음표를 붙인다. 아무튼 선생님들은 학생들이 기숙사와 교실, 도서관을 맴도는 생활을 한다고 학교 분위기를 자랑하듯 설명했으니 믿어 보기로 했다. 기숙사 사감과 선생님들의 지도를 잘 따라야 하는데 그것이 문제다. 엄마 아빠가 보이지 않으면 빠져드는 것이 게임이었다. 3년 내내 게임에 몰입하는 것은 아닌지 우려스럽다. 자식을 둔 부모의 마음은 어쩔 수 없나 보다.

31년 전 나를 충남 부여에서 서울로 보낸 부모님도 이렇게 조렸을 것이다. 부디 하나님의 도우심과 함께 잘 버티고 자신이 목적한 바를 이룰 수 있기를 간절히 기도하고 빌 뿐이다. 큰아들을 학교에 남기고 서울로 향하는 마음은 답답하다. 아들을 믿고 기도할 뿐이다. 걱정스러운 것은 작은아이도 여기로 온다고 하면 어찌할까? 뒤에 앉아 있는 아이를 부르면서 고민한다. 나도 한빛고등학교 가면 안 돼? 스치듯이 말하는 작은 아이의 말투가 가슴을 울린다. (2000.3.01.)

6. "네가 아프면 내 마음이 아프다."

우리는 교육 현장에서는 공감하는 것이 중요하다고 배운다. 그런데 정작 삶의 현장에서는 공감보다는 무심하거나 무감각한 삶을 살아간다. 공감하는 것이 중요하다는 생각은 하지만 정작 부딪치는 상황에서는 감정이 분출된다. 하지만 공감(共感)과 감정(感情)은 그렇게 차이가 심한 것도 아니다. 결국 한 끗 차이 아닐까? 아직 살날이 많이 있다고 생각하다가도 그동안 살아온 과정을 뒤돌아보니 공감하지 못한 것이 후회스러운 일들이 많았다. 나는 왜 그때 그렇게밖에 처신하지 못했을까? 하는 회한(悔恨)이 남는다. 그나마 회한하는 반성의 자세는 연륜의 여유가 아닐까? 생각한다.

나는 아버지와 많은 대화를 나누지 못했다. 나의 의사결정은 그래서 대부분 독단적인 경우가 많았다. 내 생각이나 의견이 전혀 반영되지 않고 아버지의 결정에 따라야 했고 심하면 몽둥이로 맞거나 가슴에 상처받는 여운이 남는 폭설(暴說)이 쏟아졌다. 이런 상황에서 대화보다는 반목이 앞섰고 상종(相從)하는 자리는 거의 없었다. 가부장적인 문화 때문이어서 그런 점도 있을 수 있다. 그런데 문제는 이런 문화가 자연스럽게 대를 이어간다는 것이다. 스스로 문제점을 알면서도 개선점을 찾지 못하는 것은 스스로 덜된 사람이라는 생각을 한다. 그래서 기록으로 남기려 하는지도 모르겠다.

2024년 가을 내가 몹시 아플 때가 있었다. 9월 하순부터 11월 초순까지 거의 2개월 동안 심한 독감으로 고생했다. 주일날 교회에서 대표 기도를 하는데 목이 잠겨 거의 소리를 낼 수 없는 상황이었다. 이를 지켜본 숙부께서 월요일 전화를 해 오셨다. 몸이 괜찮은지 안부를 물으시고 밥을 사주고 싶다고 하셨다. 안 그러셔도 된다니 거듭 강조하셨다. 할 수 없이 사무실 주변 식당을 예약했다.

식당에는 숙부가 오신다니 아내와 작은아들 내외와 손자들도 함께 자리했다. 자리에 앉자마자 숙부는 "네가 아프면 내 마음이 아프다."고 하셨다. 숙부는 다른 조카들에게도 똑같이 하셨을 것이다. 나는 숙부의 이 말씀을 듣는 순간 울컥했다. 아버지에게서 느낄 수 없는 감정을 삼촌에게서 느낀 것이다. 기분 좋은 감정은 입으로 상대의 가슴을 울린다. 그러나 나쁜 감정은 입으로 가슴을 찢는다. 가슴을 울린 좋은 감정은 삶을 풍요롭게 한다. 그러나 가슴을 찢는 감정은 상대의 평생을 불안하게 한다.

2024년 12월 23일부터 시작한 이번 여행은 우리 가족에게 다양한 면모를 볼 수 있는 기회였다. 우리 내외는 큰아들과 한방을 사용하고 둘째 내외와 손자들이 한방을 썼다. 외국에서 생활이 10년 가까이 되는 큰아들의 면면을 볼 수 있었다. 생활은 거의 외국 문화에 젖어 있었다. 평소 깔끔하지 않았었는데 깔끔해지려 노력하는 모습을 보았다. 아마 스스로 결혼을 마음으로 준비하는 것처럼 보였다. 나이를 먹어가니 제할 몫은 챙기겠다 싶은 생각이 들었다.

여행에서는 둘째 아들 내외와 손주들만의 시간을 많이 가졌다. 그때마다 우리 내외와 큰아들은 그동안의 못 다한 이야기들을 나눴다. 심각한 내용은 없지만 큰아들은 스스로 자재하며 자신의 뜻을 펼쳐가려는 모습이 느껴졌다. 그만큼 자신감도 엿볼 수 있었다. 큰 아들을 보면서 나는 저 나이에 뭐를 했던가? 나는 가끔 아이들을 바라보면서 하는 물음이다. 나는 34살까지 두 아이를 낳았다. 32살에 아버지가 소천하셔서 가장으로서 긴장하며 살아간 것도 사실이다. 지금 우리 두 아들과는 상황이 달랐다.

나는 두 아들이 가슴으로 느끼고, 서로를 아끼며, 서로 의지하는 언덕이 되어주는 형제로 살았으면 한다. 서로 같은 곳을 바라볼 수는 없을 것이다. 똑같은 행동을 할 수도 없을 것이다. 똑같은 생각은 물론 할 수는 없을 것이다. 서로 의지하는 쉼터가 되고 또한 등불이 되었으면 하는 바램이다.

항상 주안에 머무르라고 강조하셨던 (증조)할머니의 말씀을 가슴 깊이 새기고 하나님을 떠나서는 살아갈 수 없다는 사실을 하루빨리 깨닫기를 기도한다. 지금은 그 무엇에 닥치더라도 스스로 자신 있게 헤쳐 나갈 수 있다는 자신감으로 무장할 수는 있다. 그러나 살아가면서 수없이 닥치는 절벽을 자신감으로 넘기는 벅찰 때가 너무나 많다는 사실을 알았으면 한다(2025.01.11.).

7. 손자들과 함께한 첫 번째 해외 가족여행

우리 가족은 2024년 12월 23일부터 2025년 1월 8일까지 미국 여행을 했다. 우리 가족은 우리 내외와 미혼인 큰아들, 기혼인 작은아들 내외와 손자 해준이와 해솔이 이렇게 7식구다. 우리 가족이 단체로 움직인 것은 어머니 회갑 때 5남매 가족 모두 제주도 여행한 것이 처음이었다. 내가 회갑일 때는 4식구가 사이판으로 회갑 기념 여행을 다녀왔다. 이렇게 보면 단체여행은 세 번째다. 그래도 해준이와 해솔이가 함께해서 더욱 의미 있는 여행이었다. 아이들에게 어떤 의미로 받아들여질지는 모르겠다. 나로서는 마지막일 수도 있겠다 하는 생각도 있다. 이번 여행은 내 평생에 또다시 있을까 하는 생각이 들 정도로 먼 곳으로 장기간 한 여행이다. 어쩌면 처음이자 마지막일 수 있는 여행이다. 하지만 미국에서 생활하는 큰아들과는 3년 뒤에 다시 여행하기로 약속은 했다.

이번 여행은 우리 가족 중 큰아들에게 큰 의미 있는 여행이다. 순형이가 영국 요크대학교에서 석사, 미시간대학교에서 석사, 일리노이대학교에서 박사학위를 마치고 사우스플로리다대학교(University of South Florida)

에 교수로 자리를 잡은 것을 기념하는 여행이다. 큰아들 순형이는 일리노이대학교에서 2023년 5월 사회복지 박사학위를 받았다. 이어서 2024년 9월 학기부터 교수로서 강의를 시작했다. 순형이는 사회복지가 자기 적성에 맞고 또 교수를 하고 싶다고 했다. 큰 아들은 스스로 결정한 과정을 가고 있다. 하고 싶은 일을 하면서 평생을 보내는 것이 가장 의미있는 일이라고 생각한다.

사실 미국 여행은 순형이가 대학교수로 자리를 잡을 것 같다는 연락이 온 2024년 6, 7월경부터 준비해 왔다. 가능성이 있을 때부터 서울에서 준비하고 확정되면서 순형이가 서울 상황을 수용하면서 성사됐다. 준비는 순형이와 순걸이 이렇게 두 아들이 했다. 비용이 가능하면 적게 들면서 해준이와 해솔이까지 즐길 수 있는 여행을 세심하게 준비했다. 비싼 지역은 시외곽에 에어 엔비(Airbnb)를 싼 지역은 호텔을 숙소로 선정한 것 같다. 호텔에서는 매식을 하고 Airbnb에서는 식사를 직접 해 먹었다. 식사는 집사람이 맡았다. 쌀과 식자재는 한국인들이 많이 거주하는 LA 지역이어서 마트에서 조달할 수 있었다.

반찬이 맛있었냐고 물으면 40년 익숙해진 입맛이라서 좋았다기보다는 문제는 없었다. 그래도 쇠고깃국에 흰 쌀밥은 어릴 때 엄마가 해 준 밥맛을 다소 느낄 수 있어서 좋았다. 이렇게 먹는 것에서 추억의 한 자락을 쌓을 수 있었다. 추억은 돌아가는 것일 것이다. 어릴 때 추억은 반복의 괘를 타고 시공간을 넘나든다. 시공간의 괘는 현재로부터 어린 시절을 오가면서 즐거움을 쌓기도 하고 슬픔을 반감시키기도 한다.

95세이신 장모님이 2024년 11월 말경 갑자기 집에서 낙상하셨다. 출혈이 심해서 뇌 수술을 하셨다. 수술을 집도한 의사는 장모님이 보름을 넘길 수 없다고 했다. 처남 등 처가 식구들은 장모님을 집에서 모시기로 했다. 마지막은 집에서 모시겠다는 생각에서다. 보름을 넘길 수 없다는 의사의 말에 집사람은 미국 큰아들과 통화했다. 너 사정이 어떤지 모르겠지만 외할머니가 낙상하셔서 머리 수술을 하셨는데 의사 선생님이 보름을 넘길 수 없다고 한 사실을 알렸다. 마침 방학 중이어서 순형이는 들어오겠다고 했다. 순형이는 귀국해서 외할머니를 뵈었다. 가족들과 함께 한국에서 3주를 보냈다.

우리 가족은 2024년 12월 23일 밤 비행기를 타고 라스 베가스(Las Vegas)에 도착했다. 순형이는 우리보다 앞서 비행기를 탔다. Las Vegas에 도착하니 순형이는 이미 공항에 도착해서 우리를 기다리고 있었다. 우리는 말로만 듣던 우버(Uber Taxi)를 타기 위해 공항을 다소 많이 걸었다. 식구가 7식구여서 두 대로 나눠서 타고 호텔로 갔다. 호텔에서 체크인(Check In)을 하는데 시간이 꽤 걸려 방으로 들어갈 수 있었다. 엄청난 사람들이 Check In을 하기 위해 몰려들었다.

우리 가족은 우리 내외와 큰아들, 작은아들 내외와 손자들 이렇게 두 방에 나누어 잤다. 멕시코 음식을 저녁으로 먹고 방에 들어갔으나 새벽 2시까지 잠이 오지 않았다. 우리는 둘째 내외와 손자들이 있는 방에 모두 모여서 음료수와 피자를 나누어 먹고 헤어졌다. 각방으로 흩어져 잠을 청했는데 깨어보니 해가 중천을 넘은 오후 2시였다. 내 평생 그렇게 오래 잠잔 적이 거의 없었다. 현역 시절 취재차 해외를 수없이 오고 갔지만 시차 때문에 고생한 적은 없었다. 그런데 이번만은 달랐다. 나이 탓인지 아이들이 자니 나도 잔 것일 수 있다. 현역 시절에는 취재라는 부담이 있었다. 이번에는 그런 부담이 없었다는 점이 다르기는 하다. 아무튼 부담 없이 편안한 여행의 시작이었다.

아침 겸 점심 겸 저녁을 먹고 숙소 앞에 있는 벨라지오 호텔(Bellagio Hotel)에 각종 크리스마스 장식품을 구경했다. 호텔 내부에는 호객을 위해서인지 화려하게 장식한 시설물들이 즐비했다. 손자들과 사진 몇 장을 찍고 광장으로 나와 클래식 음악에 따라 작동하는 분수 쑈를 관람했다. Bellagio Hotel 분수 쑈는 세계 3대 분수 쑈 중 하나라고 한다. 분수 쑈는 매시간 정각에 10~15분 동안 펼쳐진다고 했다. 그러나 고객을 유인하기 위해서인지 실제로는 자주 쑈를 했다. 규정보다 많은 하루 6번 이상 분수 쑈를 진행하고 있었다. 분수 쑈는 횟수가 바뀔 때마다 음악도 다른 음악으로 바뀌어 연주되고 있었다.

우리 가족은 Hoover Dam을 보았다. 학창 시절 교과서에서 본 댐의 규모와는 달랐다. 계곡은 깊었지만 규모는 생각보다 작았다. 미국이라는 나라가 크다는 것은 시차를 들 수 있다. 댐을 바라보면서 좌측은 네바다(Nevada)주, 오른쪽은 아리조나(Arizona) 주다. 댐을 사이에 두고 1시간의 시차가 있었다. Arizona 주가 1시간 늦는다. 댐의 다리를 사이에 두고 걸으면서 시간여행을 하는 기분이었다.

우리 가족은 미국의 서부지역인 캘리포니아(Calfonia)와 네바다(Nevada), 아리조나(Arizona), 유타(Utah)주를 오르내리면서 시간을 보냈다. 모든 일정은 아들 형제와 며느리가 잡았다. 그러니 손주 아이들이 가능하면 즐길 수 있는 장소를 중심으로 잡았다. 우리 부부는 아이들이 이끄는 대로 따라다녔다. 때로는 유모차를 밀고 다니기도 했다. 아이를 유모차에 태우고 다니는 것이 새삼스러운 것은 아니었다. 미국에서도 나처럼 머리가 허연 미국 할아버지들이 유모차를 밀고 다니는 모습을 자주 볼 수 있었다. 동양이나 서양이나 노인의 형편은 비슷한 것 같다. 어쩌겠는가? 손주들이 아들보다 예쁜데...

어린아이들에 대한 마음은 덩치가 큰 외국인들도 우리와 같은 생각일 것이라는 느낌이다. 함께 걷다 보면 서로 마주칠 때 그 얼굴에서 그런 모습이 느껴진다. 이심전심(以心傳心), 염화시중(拈花示衆) 이라는 단어가 이런 상황을 설명하는 단어라는 생각한다. Las Vegas에 도착해서 하루를 보낸 뒤 자이언 캐년(Zion Canyon)에 갔다. 여기는 캘리포니아(California)가 아니라 유타 (Utah) 주다. 1시간의 시차도 있었다. 같은 땅덩어리에서 시차가 있다는 것은 한국에서는 상상할 수 없는 일이지만 미국에서는 가능했다. Zion Canyon은 산들이 시루떡 상을 켜켜이 쌓아올린 것 같은 모습이었다. 원시가 덜 벗겨진 아직 덜 다듬어진 원시의 거친 모습처럼 느껴졌다. 우리나라에는 벌거벗은 산이더라도 나무가 없는 것이었지 풀까지 없는 산은 없었다. 그런데 Zion Canyon은 풀 한 포기 없는 민둥산이 많았다. 그렇게 춥지도 않은 지역인데 풀조차 없는 산이 좀 이해가 되지 않았다. 한국처럼 박정희 같은 인물이 있었다면 저 민둥산에 적절한 나무들이 채워지지 않았을까 자문해 본다.

아무튼 산은 산인만큼 엄청 가팔랐다. 우리 내외와 큰아들, 그리고 작은아들 내외와 손자들 이렇게 나뉘어 산길을 걸었다. 나는 짧은 코스를 아내와 큰아들 이렇게 오르려다 무릎이 약한 나 때문에 포기했다. 내려오면서 산 밑에 펼쳐진 잡초, 다람쥐인지 청설모(青鼠毛)인지 비슷한 동물들이 뛰어다니는 모습은 우리나라와 비슷했다.

그런데 이번 기회에 청설모에 대해서 찾아보았다. 청설모에 대한 놀라운 사실을 알게 됐다. 청설모의 영어 이름은 Korean Squirrel이라고 한다. 한국 토착종이었다. 한자로는 청서모(靑鼠毛)라고 한다. 靑鼠는 다람쥐과 동물이다. 청서 또는 청설모라는 이름은 소나무나 잣나무처럼 사계절 푸른 나무에서 사는 습성 때문에 붙여진 이름일 가능성이 크다고 한다.

청설모는 원래 청서(靑鼠)의 털을 의미했으나 지금은 청설모 자체를 의미한다. 유럽에서는 청설모를 붉은 청서(red Squirrel)라고 부른다고 한다. 붉은 청서는 털 색깔이 붉기 때문이다. 유럽의 청서는 대부분 털이 붉은빛이 도는 갈색이라고 한다. 청설모는 다람쥐와 달리 겨울잠을 자지 않는다고 한다. 그래서인지 생존력이 강하다고 한다. 이번 여행을 통해서 청설모에 대한 부정적인 생각을 접게 됐다. 또 청설모가 한국 토착종이라는 점에서 애정을 갖게 됐다.

Zion Canyon에서 본 저 동물은 청설모 아닌 다람쥐일 가능성이 크다는 사실이다. 그리고 어른들은 내가 어릴 때 청설모가 다람쥐를 잡아먹는다고 했다. 그런데 그 이야기는 낭설이었다. 청설모는 외래종이 아닌 한국 토착종이다. 한국에서 상당히 오래전부터 살아온 동물이었다. 그리고 청설모는 육식성이 아니라고 한다. 그러니 청설모가 다람쥐의 천적일 가능성은 전혀 아니다.

새로운 사실은 청설모의 먹이 경쟁 대상은 다람쥐가 아니라 까치나 까마귀라고 한다. 청설모가 먹이를 땅에 숨겨 놓으면 까치나 까마귀가 지켜보다가 먹이를 훔쳐 간다고 한다. 그런데 까치나 까마귀의 도둑 성공률이 그렇게 높지 않았다. 청설모의 숨기는 기술이 워낙 탁월하기 때문이다. 이런 점에서 청설모는 숲속의 탁월한 정원사라고 한다. 청설모가 숨겨 놓은 열매를 청설모 스스로가 찾지 못하는 경우가 많다고 한다.

그러면 나무 열매는 청설모의 먹이 보다는 자연 발아해서 숲을 푸르고 풍요롭게 하는 전령사 역할을 한다.

Zion Canyon에서 간혹 사슴들이 떼를 지어 풀을 뜯거나 앉아서 지나는 사람들을 공포심이 가득 담긴 눈빛으로 구경하는 모습을 볼 수 있었다. 깊은 계곡과 높은 산들이 개발이라는 파괴의 늪을 거치지 않고 남겨진 모습이 참으로 인상적이었다. 저런 비경 같으면 우리나라에서는 남아날 것 같지 않아서다. 땅이 넓으면 저런 여유를 부릴 수도 있겠다 하는 생각을 하게 된다. 이런 점에서 땅은 넓으면 넓을수록 좋다는 생각을 하게 된다. 푸틴도, 트럼프도 그런 야망을 숨기지 않는다. 푸틴은 우크라이나를, 트럼프는 캐나다와 덴마크의 소유인 그리인랜드를 무력을 통해서라도 차지하려 하는 등 인간의 욕망은 끝이 없다. 동서양이 예외 없이 마찬가지다.

Zion Canyon을 본 우리는 Utah에서 Las Vegas로 왔다. 보통 3~4시간 걸리는 거리들이다. Las Vegas로 돌아와서는 손주들을 위해 자연사 박물관과 우주박물관을 관람했다. 자연사 박물관은 이름이 그렇지 유럽인들이 아메리칸 인디언들을 몰아낸 역사 기록이었다. 우리들과 모습이 비슷한 인디언들의 고난사(苦難史)를 보았다. 우리는 이미 그런 과정을 겪었기 때문에 가슴이 더욱 아팠다. 물론 자연사 박물관은 공룡 등을 전시해서 인디언 추방의 역사는 묻혀 있었다. 그리고 그 역사적 사실은 1,300~1,400년대로 너무나도 오래전 이야기라서 매몰되어 있었다. 세계사를 대충 배운 나에게는 깊은 울림을 준 현장이었다.

우주박물관은 한참 증설 작업이 진행되고 있었다. 한쪽에서는 우주선 모형을 설치하기 위해 기중기 등 건설장비들이 굉음을 내면서 움직이고 있었다. 손자들은 마냥 즐거워했다. 처음 보는 것들이 대부분이어서 신기한 눈빛으로 구경했다. 손자들에게는 엄마 아빠는 물론이고 좋아하는 큰아빠와 할아버지 할머니가 함께하니 이보다 더 좋을 수가 없다.

역사박물관을 관람하고 우주박물관을 관람하기 전에 점심을 했다. 역사박물관을 나와서 근처 식당으로 가는 중에 갑자기 헬리콥터 여러 대가 우리 가족 상공을 맴돌았다. 잠시 뒤에 차량 한 대가 우리 곁을 통과하면서 쏜살같이 지나갔다. 이어서 경찰순찰차가 경적을 울리면서 차량을 뒤쫓았다. 공중에서는 헬리콥터가 사고 차량을 추적하고 일부는 밧줄을 타고 지상으로 내려왔다. 사고 차량을 붙들었는지는 아이들이 배고파해서 확인할 수는 없었다. 저녁에 식사를 하고 궁금해서 TV를 틀었는데 마침 낮에 본 차량 도난 뉴스가 간단하게 처리되고 있었다.

우리는 Las Vegas에서 샌디에이고(San Diego)로 왔다. San Diego에서는 이번 여행 중 가장 긴 닷새 동안 머물렀다. 아들은 Las Vegas에서 San Diego까지 4시간 걸린다고 했다. 오전 10시경 출발해서 중간에 거석문화를 잠깐 본다고 했다. 가는 도중에 점심을 먹고 3시에 도착해 Check In 한다고 했다. 그런데 오후 8시경에 도착했다. 이번 여행의 가장 큰 비중은 손주들이다. 거석 밑에서 손주들이 모래놀이한다고 1시간 넘게 놀면서 예정보다 지체됐다.

San Diego에서는 며느리가 추천해서 바다사자(Sea Lion)를 보기로 했다. 아마도 아이들에게 보여주기 위해 선정한 것 같다. 아이들은 신기해했다. 사람과 다르게 뒤뚱거리며 움직이는 모습을 신기해하면서도 관심은 빠르게 다른 곳으로 옮겨갔다. 아이들은 오직 모래성을 쌓는 모래 장난이었다. 밀려가는 바닷물을 따라가다가 되밀려오는 파도에 흠뻑 젖기도 했다. 손주들이 먹던 과자를 갈매기가 채가는 것에 놀라기도 하면서 재미있어했다. 어른인 우리도 신비스러운 것들이 많은데 어린 손자들은 놀라움 자체다.

San Diego에서 마지막 날에는 둘째아이 부부와 손자들은 동물원으로 가고, 우리 부부와 큰아들은 숙소 주변에 있는 샌디에이고대학교(University of San Diego) 캠퍼스를 방문했다. University of San Diego는 1949년에 천주교가 세운 사립 대학교였다. 천주교가 학교를 세웠지만 모든 종교에 개방된 학교라고 한다. 교정은 넓지 않았으나 산 능선을 따라 종교재단인 만큼 성당 등이 이어져 있고 군데군데에 학교 발전을 위해 기여한 것으로 보이는 신부와 수녀들의 동상이 서 있었다. 나도 성당에 들어가 잠시 기도하는 시간을 가졌다.

롱비치의 우리 가족

San Diego에서 5일을 보낸 우리 가족은 California의 Long Beach에 숙소를 잡고 말로만 듣던 비버리 힐스(Beverly Hills)를 탐색했다. Beverly Hills에서는 석유재벌 폴 게티(J. Paul Getty, 1892~1976)가 1974년 세운 J. 폴 게티 미술관(J. Paul Getty Museum)을 관람했다. Paul Getty Museum은 Getty Center, Getty Villa, Getty Museum 등으로 구성되어 있다. 규모가 엄청나서 놀라웠다.

J. Paul Getty Museum은 Paul Getty가 유산으로 남긴 8억 달러를 기반으로 LA 다운타운에서 26km 거리에 있는 성 가브리엘 산 정상에 세워졌다. 미술관 관람료는 무료다. 주차비는 인원 관계없이 25달러만 내면 종일 관람할 수 있다. 또 하나의 특징으로는 입장하기 위해서는 전 단계로 엄격한 검색을 한다. 손자들이 가지고 놀던 조그만 공을 가지고 갔었는데 그것도 맡겨야 했다. 아마도 고가의 작품을 훼손시킬 우려 때문인 듯하다.

미술관은 트램(Tram)을 타고 성 가브리엘(St Gabriel) 산 정상으로 올라가야 한다. 내가 관람한 날에는 반 고호(Van Gogh)의 그림을 AI로 분석해서 코발트, 구리, 청동 등의 금속 색으로 나타내는 특별전시회를 하고 있었다. 금속에 따라 그림은 다른 색으로 변하게 되는데 또 다른 감동을 주었다. AI가 발전되면서 유명 작가들의 작품을 또 다른 방향에서 분석하려는 시도라는 점에서 Van Gogh 특별전은 처음이었는데도 새로운 문화적인 충격으로 다가왔다.

캘리포니아 북쪽 Beverly Hills는 듣던 대로 부촌이었다. 주택들이 잘 정돈되어 있고 담은 동백나무처럼 보이는 나무울타리를 각지게 다듬어 놓았다. 이처럼 저택들은 대체로 위치가 높아서 높은 나무울타리 너머로 태평양을 바라볼 수 있다. 서울에서도 마찬가지지만 교통만 좋으면 살기에는 문제가 없을 것 같았다.

여행 마지막 날인 5일에는 디즈니랜드(Disneyland)를 가기로 했다. 관람계획은 12시간이라고 한다. 예정대로 이루어질지는 모르겠다. 어른들만 있다면 모르겠지만 어린 손자들이 있어서 계획대로 이루어질지는 모를 일이다. 아마도 나는 두 손자를 유모차에 태우고 하루 종일 보내야 할지로 모른다. 예상대로 유모차에 손자들을 태우고 다녔다. 손자들은 신이 나서 두 번 타는 놀이기구도 있었다.

페이스북을 통해서 30년 전 헤어진 친구를 만났다. 그 친구는 1999년 미국 여행 중 직장 선배를 LA에서 우연히 만났다. 선배는 반갑게 맞아주면서 LA에서 사업을 하고 있으니 도와달라는 말에 눌러앉게 됐다고 한다. 선배의 도움으로 영주권을 3일 만에 받고 독립해서 사업도 벌였다고 한다. 아이들은 아들과 딸을 두었는데 딸은 UCLA대학교 의대 교수, 아들은 마이크로소프트사 게임개발 책임자라고 한다. 이민 와서 고생했으나 자녀들이 성공적으로 잘 정착했다며 그동안의 삶을 자랑스럽게 설명했다. 고생했다며 위로와 함께 건강해서 또 만나자고 약속했다. 우리 가족은 그 친구로부터 저녁 식사 대접을 받았다. 그리고 공항까지 우리를 데려다 주었다. 참으로 고마운 친구다.

이렇게 우리 가족은 2025년 1월 6일 월요일 오후 10시4 0분 귀국하는 비행기를 탔다. 서울에 도착하니 8일 새벽 4시 40분이었다. 아들과 함께 택시를 불러 타고 아들 집에 들러 집에 오니 오전 6시였다. 짐을 대략 정리하고 오전 7시 30분 출근해서 밀린 일을 처리했다.

이번 여행은 손자 아이들이 함께해서 즐거웠다. 인터넷을 검색해서 아이들이 즐길만한 꺼리들을 연결했다. 때로는 아들 내외와 아이들만 가기도 했다. 나는 세계사를 배우면서 미국에서 뉴욕이 가장 큰 도시라고 배웠다. 그런데 이번에 가서 보니 LA가 가장 큰 도시라는 점을 새삼 느꼈다. 뉴욕은 시카고 다음으로 3번째 도시였다. 시카고가 갑자기 부상한 것은 최근 제로(Zero) 세금 정책으로 실리콘 벨리의 많은 벤처기업들이 시카고로 몰려간다고 한다.

이제 내 나이 70이다. 손자들과 하는 처음 여행이었지만 마지막 여행일 수도 있다는 생각에 숙연해 지기도 한다. 아들들과는 두 번째다. 나는 기자 생활하면서 시쳇말로 독립군처럼 생활해 왔다. 가족사진을 보면 나는 없고 아내와 두 아들뿐이다. 나는 바쁘다는 이유로 빠진 것이다. 뒤돌아 생각해 보면 후회스럽다. 좀 더 가족과 함께하는 시간을 가지면서 생활했으면 한다.

이번 여행을 통해서 얻은 것은 두 아들의 자신감이다. 두 아들이 협조하면서 살아가면 세상에 무서운 장벽은 없을 것 같다는 생각이 들었다. 밝은 해준이와 해솔이를 보면서 잘 키운 며느리가 대견하다고 생각한다. 마지막으로 "모든 일에는 다 때가 있다. 세상에서 일어나는 일마다 알맞은 때가 있다(전도서 새번역 3:1)". "사람이 애쓴다고 해서 이런 일에 무엇을 더 보탤 수 있겠는가? 이제 보니 이 모든 것은 하나님이 사람에게 수고하라고 지우신 짐이다(전도서 새번역 3:9~10)". (2025.01.08.)